KB110236

다사나(दर्शन, Darshana), 여행에서 만난 선물

# 여행자 아버지와 프랑스인 아들의 인도 여행기

# 여행자 아버지와 프랑스인 아들의 인도 여행기

발행일 2020년 12월 16일

지은이 박현성, 박가한 교반(Gurvan)
펴낸이 손형국
펴낸곳 (주)북랩
편집인 선일영 편집 정두철, 윤성아, 최승헌, 배진용, 이예지
디자인 이현수, 한수희, 김민하, 김윤주, 허지혜 제작 박기성, 황동현, 구성우, 권태련
마케팅 김회란, 박진관
출판등록 2004. 12. 1(제2012-000051호)
주소 서울특별시 금천구 가산디지털 1로 168, 우림라이온스밸리 B동 B113~114호, C동 B101호
홈페이지 www.book.co.kr
전화번호 (02)2026-5777 팩스 (02)2026-5747

ISBN 979-11-6539-515-5 03810 (종이책) 979-11-6539-516-2 05810 (전자책)



이 도서의 국립중앙도서관 출판예정도서목록(CIP)은 서지정보유통지원시스템 홈페이지(http://seoji.nl.go.kr)와 국가자료공동목록시스템(http://www.nl.go.kr/kolisnet)에서 이용하실 수 있습니다.
(CIP제어번호: CIP2020052823)

다사나,
흔하지만 아름다운 선물

# 여행자 아버지와 프랑스인 아들의 인도 여행기

박현성, 박가한 교반*Gurvan* 지음

**인도,**

여행으로 삶을 구성한 아버지와
먼 땅에서 아버지를 비우고 살아온 아들이 같이 걸었다
〈100개의 산을 잇다〉의 여행 작가, 박현성과 아들이 함께한
인도 그리고 일어난 느낌과 생각의 궤적

북랩 book Lab

# 프롤로그

제한된 인생의 시간 중 많은 날을 여행했다. 나에게 여행은 직업이자 취미이며 삶이 주는 질문에 관한 답을 구하는 수행이다. 젊은 날의 방황에서 시작된 여행은 이제 오십 중반을 넘어가는 나에게는 일상의 사소함까지 포함하는 인생 전반의 행위와 연결되어 있다.

오랜 시간만큼 여행은 다양한 모습으로 바뀌어 갔다.

시작은 익숙한 것에서의 일탈이었다. 지친 현실에서 벗어나 다른 세상으로 간다는 것이 행복했다. 그것은 강 건너 피안에 행복이 있을 거라는 파랑새를 찾는 심정과 같았다.

여행의 매력에 빠져들자 가고픈 많은 목적지가 생겨났다. 히말라야, 사막, 유적지, 세계의 유명 도시 등을 향했다. 그리고 여권에 찍히는 다양한 국가의 출입국 도장들의 숫자가 늘어남에 따라서 만족감을 느끼는 때였기도 했다. 하지만 몇 개의 여권을 바꾼 즈음에 목표지향적인 여행에는 길 위의 소중한 시간들이 희생되고 있음을 알게 되었다.

그러자 길 위에 주목하기 시작했다. 목적지를 향해 가는 길에 만나는 인연의 단편들, 무심히 스쳐 지나가는 마을과 도시, 그리고 언덕과 황무지 같은 사소한 풍경들에 관심을 가지자 그것들이 살아났다. 목적지로 집중되었던 여행을 위해 희생된 귀중한 시간과 경험들이 찾아가는 길에서 새롭게 깨어났다.

인생에 연륜이 생겨가며, 스스로의 의지와 그 시점의 상황에 의해 '머무는 여행'이 늘어났다. 유럽은 사랑과 그 사랑과의 이별을 위해서 머물렀다. 인도와 네팔의 외진 마을들에서 사람들이 사는 모습들을 지켜보고 마음의 탐구를 위해 오랜 시간을 보냈다. 나의 여행지가 종교적 순례지와 자주 겹쳐짐을 깨달은 것도 그때 즈음이다. 그리고 이제 뉴질랜드 이민 생활을 되돌아보면, 그것은 멀고 너무도 긴 여행이었던 것 같이 느껴진다. 마지막으로 한 해를 머물렀던 라오스에서는 활동하는 동물이 아니라 식물처럼 우두커니 오래 앉아 있었다.

목적지를 향하는 여행에서 길 위의 연속된 단편으로 시선을 옮기고, 머무르고 탐구하는 여행에서 식물로서의 여행을 마치고 다시 원점인 한국으로 들어왔다. 내가 그간 마음에 품고 살아온 한국과 다시 돌아온 한국의 간극은 컸다. 나는 심지어 오천 원권 지폐와 오만 원권 지폐를 구분하지 못했다.

다시 자전거에 간단한 살림살이를 싣고 전국의 산을 이으면서 100개의 산을 오르는 국내 여행을 했다. 돌아온 조국의 모습을 온몸으로 지켜보기 위해서였다. 여행은 여름, 가을 그리고 겨울을 넘어서 천천히 진행되었다. 느림과 홀로 하는 여행 속에서 나는 여행의 방향이 한편으로는 내적으로 향함을 재확인했다. 나 자신과 대화를 나누는 일들이 자주 일어났다. 밖으로의 여행보다 어쩌면 훨씬 멀고 험난한 여행지를 내 안에 품고 있음을 알게 되었다.

2018년 여름, 마음 여행의 시작점이었던 인도를 다시 여행하게 되었다. 프랑스인이 되어서 살아가는 나의 아들, 가한의 제안으로 이루어진 여행이었다. 생후 4개월 즈음에 엄마의 품에 안겨 엄마의 나라로 떠나간 아들이다. 그는 사려 깊고 친절한 의과대학 학생이 되어 아버지와의 관계에서 생겨난 빈 공간의 결핍을 채워가고 있었다.

나의 삶에서 중요한 여행이 된 이번 여행을 하나의 기록으로 남긴다. 여행에서 받은 귀중한 다사나(Dashana), 선물을 아들과 나누었듯이 많은 사람과 나누고 싶다. 여행에서뿐만 아니라 어느 곳에서나 그리고 모든 순간에서 만날 수 있는 다사나의 이야기를 이 글을 통해서 들려주려고 한다. 다사나란 내 안에 항상 잠재된 보석

같은 선물이다. 밖을 떠돌던 나의 여행이 내 안으로의 멋진 여행도 있음을 알게 해준 것처럼.

다사나를 이해하고 찾게 되면, 여행뿐만 아니라 삶의 아름다움에 감사하게 되리라고 생각한다. 무겁고 지친 삶을 살아가는 많은 분에게 나의 여행의 이야기가 작은 도움이 되기를 바라는 마음으로 용기를 내어 책으로 엮어 본다.

목차

## • 부다가야Bodh Gaya •



## • 바라나시Varanasi •

## • 레LEH •



## • 스리나가르Srinagar •

# 여행의
# 씨앗

## 선물

야소다라는 다가오는 한 사람을 바라보고 있었다. 점에서 서서히 자라 자신의 방향으로 다가오는 수도자는 과거 자신의 남편이었고, 카필라바스투 왕국의 왕자였다. 과거의 어느 날, 밤의 어둠 속으로 떠나버린 그가 너무도 천천히 왕국의 영역으로 걸어 들어오고 있었다.

강렬하고 복잡한 감정을 억누르기 위해 깊은 호흡으로 마음을 억눌렀다. 감정이 드러나지 않도록 주의하며 몸을 낮추었다. 그리고 조심스럽게 손을 꼭 잡고 있는 아이의 눈을 맞추었다. 아이는 그녀의 아들이자 수도자의 아들이기도 했다.

아이에게 물었다. "아들아! 궁으로 들어오는 수도자가 보이느냐?" 라훌라는 말없이 고개를 끄떡였다. 라훌라는 어머니의 흔들리는 눈에서 그에게 중요한 일이 일어나고 있음을 감지하고 있음이 분명했다. "저분이 너의 아버지이시다. 그에게 인사드려라. 아버지는 너에게 줄 특별한 선물을 가지고 있단다. 그분에게 여쭈어라."

부처는 머뭇거리며 걸어오는 아이가 그의 아들, 라훌라임을 알 수 있었다. 부처는 아들의 어깨를 양손으로 감싸고, 찬찬히 살폈다. 그의 눈은 흔들리지 않았다. 감정과 마음을 굴복시킨 그의 두 눈에는 오직 고요하고 부드러운 애정이 흘렀다. 품속의 아이는 "수도자님! 어머니가 저에게 주실 특별한 선물을 가지고 있다고 말씀해 주셨습니다. 무엇인지요? 저에게 보여주실 수 있는지요?"라고 묻는다.

부처는 아이의 눈을 따뜻하게 들여다보며 말한다. "선물을 원하느냐. 그렇다면 너에게 줄 것이다." 부처는 그의 아들, 라훌라를 승가로 데려가 그를 제자로 받아들였다. 라훌라가 아버지, 부처로부터 받은 고귀한 선물이 무엇인지 알게 된 것은 그날로부터 먼 훗날이었다.

나는 라훌라가 받은 선물을 이해하고 싶었다.

## 여행의 시작

SNS를 통해서 아들, 가한에게 연락이 왔다. 인도를 한 달간 같이 여행하자는 제의였다. 인도에서의 한 달은 그와 나의 삶에 주어진 귀중한 시간이 될 것임을 직감했다. 그래서 아들의 제의에 망설임 없이 즉시 수락했다. 귀중한 시간은 공들여 채우고 싶었다. 인도 대륙은 나의 성장에 중요한 배경이 되어 준 곳이었다. 나에게 인도란 현재의 국경이 아니라 인도 문화가 걸쳐있는 광대한 영역, 인도 대륙을 뜻했다.

생후 4개월 즈음에 엄마의 품에 안겨 프랑스로 떠난 아들은 내가 간혹 프랑스를 방문하거나 그의 엄마가 전하는 소식으로만 만나고 있었다. 그를 알기 시작한 것은 그가 중학교 3학년이 되고 나서였다. 그해 여름 우리는 한국에서 방학을 같이 보냈다. 그해는 내가 뉴질랜드 이민 생활을 정리하고 귀국한 해였다. 이후 두 번의 여름과 한 번의 늦은 봄을 같이 보내면서 서로를 알기 시작했다.

1980년대 후반, 한국 사회는 숨 막히는 정치 상황 속에 다양한 방면으로 산업의 규모를 확대하고 있었다. 가정과 사회는 빠른 경제 변화에도 불구하고 한편으로는 가부장적이고 보수적인 삶의 형태를 유지하던 때이기도 했다. 많은 사람이 가난에서 벗어나거나 또는 벗어나기 위하여 서울 같은 대도시로 몰렸다. 통장에 늘어나는 액수에 만족하며 바쁘고 힘든 생활을 마다하지 않았다. 하지만 한쪽에 열중하다 보면 다른 한쪽이 빈곤해졌다. 인간다운 삶, 인간의 가치가 존중되는 삶은 기대하기 어려운 시기였다.

사회의 빠른 흐름에 휩쓸린 사람들은 잊고 살았지만, 커다란 공허함이 마음속에 서서히 자라나고 있었다. 우리는 무언가를 얻고 무언가를 잃어가고 있었다.

일상의 아침은 비좁은 버스와 지하철에 몸을 싣고 일터로 향하는 사람들의 모습으로 시작되었다. 사람들은 아침에도 여전히 지친 몸과 마음으로 차창에 머리를 부딪치며 졸았다. 아무도 웃지 않았고, 아무도 말하지 않았다. 출근길에 지난밤의 술 냄새가 여전히 배어 있는 것도 낯선 일이 아니었다. 그렇게 지친 아침으로 시작된 하루는 지친 몸을 뉘일 늦은 밤까지 바쁘게 돌아갔다.

사람들은 행복해 보이지 않았다. 행복보다는 행복을 위한 외적 조건의 획득이 우선시되었다. 삶의 사정은 나아져도 여전히 더 많은 행복의 조건을 채우기 위해 바쁘게 살았다. 욕망이 제시하는 행복의 조건은 채워지지 않는 항아리 같았다. 욕망을 따라 살아가는 삶에서 자신과 주위를 돌아볼 시간은 부족했다.

내가 아들의 나이였을 때 히말라야가 보고 싶었다.

사실 '히말라야'라는 이름은 나의 젊은 피를 강하게 당기는 이해하기 힘든 힘을 가지고 있었다. 희박한 공기를 뚫고 솟아있는 희고 차가운 산들의 사진 한 장만으로도 가슴이 뜨겁게 달아오르던 시기였다. 나는 잡지에서 잘라낸 차가운 히말라야산맥 사진을 벽에 붙여두었다.

1988년은 최루탄과 부서진 보도블록이 서로를 향해 날아다니던 서울에서 군 생활을 마치고 집으로 돌아온 때였다. 그다음 해에 금지되어 있던 일반인의 해외여행이 허락되었다.

홍콩을 거쳐 카트만두에 도착한 나는 히말라야를 만나기도 전에 네팔의 낡은 버스에서 우리 사회의 상식과는 너무도 먼 모습을 만났다. 당시 한국의 사회 담론은 가난은 항상 고난이고 불행이라고 말하고 있었다. 가난은 심지어 죄였던 시기였다. 나는 그런 모습을 네팔에서 보게 되리라고 예상하고 있었다. 위태로운 비포장 산길을 검은 매연을 뱉으며 기어오르는 버스를 타고 포카라를 향했다. 포카라는 안나푸르나 산행이 시작되는 도시였다. 남루한 옷차림의 사람들이 닭과 염소 그리고 짐 보따리를 가득 들고 버스를 채우고 있었다. 버스 안은 마치 시골 장터 같은 분위기였다. 하지만, 가난으로 고통받는 모습을 보여야 할 네팔인 대신, 웃음과 여유 그리고 따뜻한 눈빛을 가진 사람들을 나는 마주해야 했다. 그것은 충격이었다. 그것은 나에게 의미심장한 '선물'이 되었다.

선물이 나의 인생의 방향을 바꿔버린 것을 제대로 이해하기 시작한 것은 인생의 절반을 넘은 어느 시점이었다. 행복은 조건에 의존하지 않음을 알게 된 것이었다. 조건에서 자유로워진 행복은 항상 가까이 존재했다. 선물은 네팔이 나에게 준 것이고, 내가 네팔에서 얻은 것이며, 내 인생의 많은 굴곡의 시간이 지난 후에도 나의 삶에 여전히 남은 재산이었다.

혼자 오래 여행한 사람은 안다.

히말라야를 걷고, 사막을 헤매고, 고대 도시의 흔적을 살피고, 푸른 대양을 건너고, 정글의 숲을 헤치고, 짙은 인생이 배인 시장을 걷다 보면 알게 되는 게 있었다. 여행에는 아름다운 선물이 있었다. 부처가 태어나고 정진 수도하고 깨달음을 얻은 땅을 여행하면서, 내가 얻었던 선물을 아들도 받을 수 있기를 바랐다. 선물은 내가 줄 수 있는 것은 아니지만, 아들이 준비되었다면 받을 수 있음을 알고 있었다.

## 인도와 나

나라마다 주는 이미지들이 있다.

인도를 묘사하는 말로 자주 사용되는 영어 단어 'incredible(믿어지지 않는)'은 인도를 표현하기에 가장 적절한 단어라고 나는 생각했다. 인도는 하나의 이미지로 설명할 수 없는 작은 우주였다. 인도는 충격과 놀라움으로 먼저 만나고, 호기심으로 들여다보다가, 화내고 웃고 아픔을 느꼈다. 그러다 조금 이해하고 조금 오해하다, 이해도, 오해도 편견임을 알게 되었다.

나는 인도의 다양한 모습 중 인간의 마음과 신앙 그리고 철학의 관점에서 인도를 만났다. 인도에서는 추상적이거나 논리로 설명되지 않는 주제에 대한 관심과 논의를 한다고 해서 이상한 사람으로 취급받거나 허튼 이야기로 취급받지 않았다. 일상에서 자연스럽게 이야기되고 자연스럽게 수용되었다. 그런 주제를 사유하기 안전한 곳이었다.

한동안 만나는 사람들에게 마음이 무엇인가를 묻고 다녔다. 다양한 계층, 다양한 직업, 다양한 인종, 다양한 종교, 다양한 생각을 가진 사람들에게 물었다. 나의 진지한 물음에 허투루 말하는 사람은 없었다. 그들은 나에게 마음을 설명해 주었다. 언어화된 수많은 마음을 만났지만, 딱히 나의 물음에 답이 되지는 않았다. 마음을 조금이라도 이해하기 시작한 것은 묻기를 멈추고 언어화되기 이전의 마음을 지켜보기 시작한 어느 시점이었다. 히말라야의 한구석에 머물고 있을 때였다. 나는 이렇게 인도를 만나고 있었다.

"침묵은 들리지 않는 것이다. 들리지 않지만, 알 수 없는 것을 알게 해 주는 것이 침묵이다."

- 아난다 바바, 바라나시의 어느 수행자

# 콜카타

**K o l k a t a**

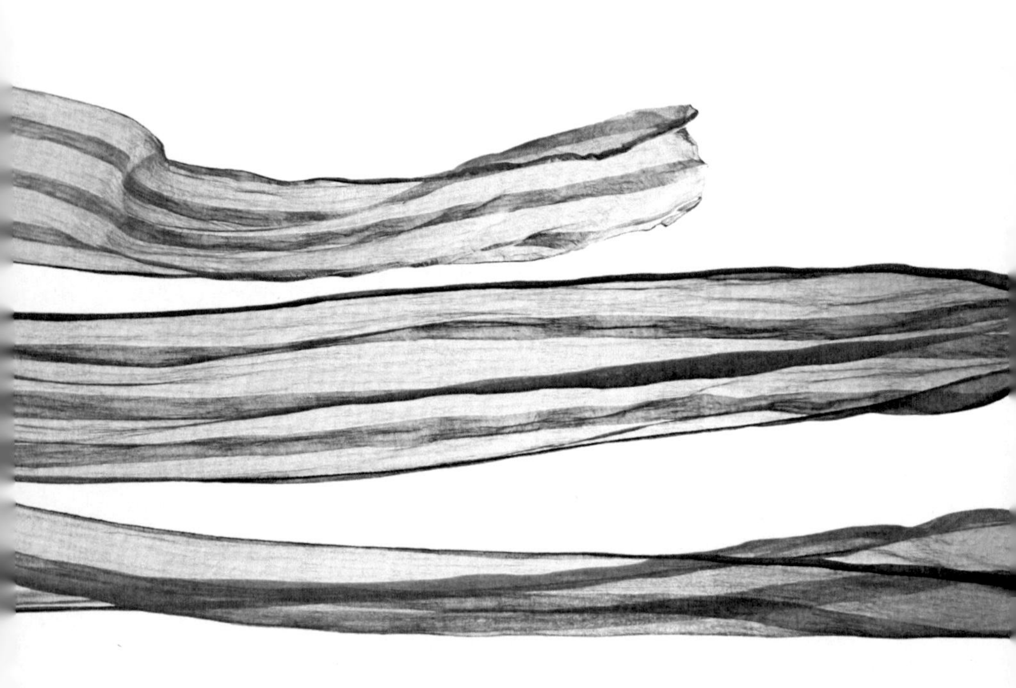

## 15년 만에 다시 찾아온 콜카타

콜카타에 들어서면 우선 만나는 것들이 있었다. 뜨겁고 습한 공기, 질 나쁜 경유차의 매연, 부패한 쓰레기가 흩어진 먼지, 마살라 향이 가득한 거리 냄새, 거리의 곳곳에 배긴 분뇨의 지린내, 사원에서 타오르는 향냄새 그리고 사람들의 땀 냄새가 섞여서 만들어 내는 복잡한 대기였다. 다시 도착한 인도의 대기는 15년 전과 다르지 않았다. 콜카타의 대기를 그리워한 적은 없었지만, 오랜 세월 변하지 않았다는 사실만으로도 일종의 안도감이 느껴지는 것은 예상하지 못한 것이었다. 어쩌면 그것은 매일 같이 부수고 짓는 한국의 모습에 지쳐가고 있는 나의 마음이 반영되었기 때문이었을 것이다.

신의 얼굴로 장식된 트럭, 승객들을 가득 태운 낡은 버스, 백미러 없는 자동차, 오래된 노란색 앰배서더 택시, 귀가 터지게 음악을 크게 틀고 달리는 툭툭, 다리가 자전거 프레임처럼 야윈 중늙은이가 모는 자전거, 릭샤, 온 가족이 탄 오토바이, 목 뒤에 혹이 달린 소가 끄는 달구지, 엄청난 수의 다양한 생김새의 사람들, 쓰레기 더미에서 비닐봉지를 질근거리며 씹는 소, 병든 개, 심지어는 코끼리까지. 이런 모든 존재가 오물이 넘쳐나는 도로에서 서로의 갈 길을 가기 위해 여전히 다투고 있었다. 아니, 나에게만 다툼같이 보였다는 것이 옳은 표현일 것이다. 이런 모든 요소는 내 기억 속에 존재하는 인도의 이미지와 일치하였다. 바람직하지 않더라도 예상과 맞아떨어진다는 것은 안도감을 주었다.

콜카타의 구시가(舊市街)의 건물은 낡았고 허물어져 가는 것처럼 보였지만, 사람들은 여전히 15년 전 모습 그대로 살아가고 있었다. 구운 붉은 벽돌 위로 회칠을 한 건물들의 칠이 벗겨지고 또 회가 떨어져 나가 있었다. 아무 곳에나 잘 자라는 피팔 나무는 건물 한 쪽에서 성장을 시작해 건물의 부서진 빈틈을 서서히 비집고 들어가 자랐다. 결국 나무와 건물은 하나가 되었다. 운명의 동지가 되었다.

도로는 패이고 부서졌지만, 여전히 차들은 달린다. 그런 도시의 사람들은 누추하고 힘겨워 보였지만, 여전히 삶은 강력한 동력을 가지고 운영되고 있었다. 그것은 말끔하고 부유해 보이는 지친 내 나라의 사람들과 대비되어 나에게 다가섰다. 내가 느끼는 많은 한국인은 지쳐 보였다. 그리고 향하는 곳은 분명하지 않았지만, 조급하게 어딘가를 가고 있었다.

몬순이다. 콜카타에는 비가 내린다. 몬순의 장대비는 거리의 오물을 씻어내고 흘러갈 곳이 없어 웅덩이가 되었다. 도시의 배수 시설은 쓰레기가 점령한 지 오래되어 제구실을 하지 못하고 있었다. 불결함에 익숙해지는 것도 인도를 만나는 하나의 과정임을 다시 되새겼다.

인도의 거리는 가난한 사람들에게 허락된 생활공간이었다. 거리는 가난한 사람들의 지친 몸을 뉘일 집이고, 직장이고, 삶이 이루어지고 연결되고 소멸하는 곳이었다. 비닐 두어 장으로 경계를 만들어 버려진 돌과 벽돌로 부엌을 만들고 두어 장의 천을 깔면 침대방이 되었다. 가난한 상인들은 거리에 가게를 열었다. 먼지가 날리는 거리에 등을 켜고 상품을 진열하였다. 가게를 닫으면 상품을 정리해 박스에 꽁꽁 싸두고 빈 진열대 위에 누워 하루를 정리하며 잠들었다. 거리의 사람들은 낡은 작두 펌프에서 물을 올려(지하수가 어디에서 나오는지 의문이다. 하수와 제대로 분리는 되어 있는지?) 거리에서 목욕을 하고, 설거지를 하고, 세탁을 했다. 그들은 신을 위해 향을 태웠다. 거리는 가난한 사람의 신전이었다. 신들은 가난한 사람들의 인생을 개선하는 데는 무심해 보였지만, 거리의 사람들은 신들을 위해 향을 피우고 곡식과 꽃을 바쳤다. 신들은 무심해도 사람들은 신들을 보살폈다. 세밀한 공간까지도 나누어 사용하는 거리에도 빈 공간은 생기기 마련이다. 습한 거리의 구석은 양치식

물들이 자라나고, 곰팡이의 서식지가 된다. 그리고 으슥함이 만드는 은밀함은 배설을 위한 화장실이 되었다.

인도의 차들은 백미러와 브레이크가 존재하지 않는 것 같았다. 운전자들은 결코 뒤를 보지 않았고, 차들은 자기 몸체보다 큰 차량이 막아서지 않는 한 서는 법이 없었다. 그것은 운전이라기보다는 차라리 곡예에 가까웠다. 외국인들은 이해할 수 없는 그들만의 규칙에 의해 달리고 있었다. 그것은 서로 간의 합의에 의해 만들어진 규칙이라기보다는 정글의 법칙을 따르고 있었다. 힘세고 빠른 것이 먼저 길을 가는 교통 규칙은 간단하고 명료했다. 정해진 건널목에서조차 사람들은 멈칫거리는 흐름의 사이를 파고들어 길을 건넜다. 차들은 건너는 사람들의 머뭇거림으로 생긴 빈 공간을 비집고 계속 운행한다. 여행자들은 절대 멈춰서지 않는 차들과 사람들 사이의 복잡한 미로를 건널 용기가 없었다. 단지 목숨이 여러 개이기를 신에게 빌 뿐이다. 물론 인도의 신에게 빌었다. 3억 3천의 신들이 사는 나라의 거리에 타 지역의 신들이 다가설 공간이 없다고 생각했기 때문이었다.

인도를 살아가는 데 있어서 체념은 현명한 삶의 방법이라고 생각했다. 체념은 오랜 경험으로 체득한 지혜였다. 그것은 현실에 대한 조건 없는 복종이어야 했다. 물론 처한 현실에 더 이상 저항할 힘도, 의지도 없는 것을 인정한다고 해도 쉽게 체념되는 것은 아니었다. 같은 몸뚱이에도 다양한 마음이 존재하는 것이 사람이기 때문일 것이다. 마음은 또 다른 마음과 갈등하고 싸워야 할 때도 많았다. 마음의 갈등을 넘어서 신의 뜻이나 운명의 힘에 자아가 완전히 항복했을 때 마음의 저항에서 자유로워졌다.

인도인들은 체념을 잘 이해하고 있는 듯하다. 그들은 체념을 다양한 말로 표현한다.

카르마(업)는 그들이 현생의 삶의 모습을 받아들이는 하나의 방법이다. 현생의 모습은 과거의 결과이고 미래의 모습은 현재의 결과가 되기에 현생의 삶을 수용한다.

카스트 역시 그랬다. 브라만은 자신의 우월한 현생의 위치를 당연하게 누리고, 바이샤와 수드라가 힘든 노동을 당연히 인내하는 것은 체념의 세계였다.

인도의 신들도 그랬다. 인도의 신들은 끊임없이 변해 왔다. 많은 신이 인간의 필요에 의해 만들어졌고, 또 관심에서 멀어져 사라졌다. 인도인들의 삶은 인간의 선택을 받은 다양한 신들이 지배했고, 수용할 수밖에 없는 다양한 삶은 신의 뜻이 되었다. 그렇게 받아들였다. 그것은 체념의 다른 모습이었다.

인도인들은 무수한 신을 창조했다. 이해할 수 없는 혼란과 불평등을 설명하기 위해 인도인은 무수한 신을 만들어 내었을 거라고 생각했다. 신은 인간을 창조하고, 인간들은 신을 창조하는 곳이 인도였다.

최근에는 미국과 영국의 비자를 만들어 주는 신이 생겨났다. 하이데라바드의 안드라 프라데시주(Andhra Pradesh)의 외곽에 있는 작은 칠쿠르 발라지 사원(Chilkur Balaji)에는 매주 십만 명 정도의 사람들이 미국이나 유럽의 비자(visa)를 받기를 기원하기 위해 몰려든다는 기사를 읽었다. 비슈누의 환생 신, 바라지는 비자신으로 변신했다. 그것은 미국이나 유럽으로 일을 구하거나 이민을 원하는 많은 인도인의 욕구충족을 돕기 위해 재창조된 새로운 신이었다.

## 아들과의 어색한 만남

가한과의 재회는 꼭 껴안는 것으로 시작하고 싶었다. 하지만 그러지 못했다. 지난봄을 같이 보낸 아들이 일 년이 넘는 시간이 지나자 잠시 어색하게 느껴졌다. 학과 동기생이자 여자 친구인 폴린(Paulin)도 다정하게 안아 주고 싶다고 마음먹었다. 하지만 미소와 함께 수줍게 다가오는 그녀에게 다가가다 어색하게 악수를 청하고 말았다. 얼굴 좌우에 키스하는 프랑스식 인사를 위해 다가오던 폴린의 멈칫함을 느꼈지만, 너무 늦었다. 역시 세상일은 계획대로 되는 게 많지 않았다. 나와 아들의 문화 사이에 반가움을 적절히 표현할 공감되는 인사법조차 만들어져 있지 않았음을 뒤늦게 알았다. 옅은 갈색 곱슬머리의 아들의 여자 친구, 폴린과의 첫 만남은 그렇게 싱겁게 끝났다. 다정한 칭찬으로 만회해보려 했지만, 그녀에 대해 아는 게 적었다. 폴린은 영어를 잘 이해하지 못했다. 내가 영어로 몇 마디 하면, 그녀는 아들의 얼굴을 보았다. 아들의 통역이 필요했다.

한국의 문화에 익숙한 아버지와 프랑스 문화에 익숙한 아이들이 생소한 제3의 외국에서 만난다는 상황이 어색함을 만든 것이라고 스스로 위안했다. 어색한 만남을 만회하기 위해 맛있는 저녁을 사 주고 싶었다. 하지만 역시 생각대로 되지 않았다. 가한과 폴린은 인도의 위생에 불편을 겪고 있었다. 사실 봉사단원 모두는 지난 3주 동안 배앓이를 경험했다. 그들 모두 고통스러운 복통과 설사를 경험한 후였다. 봉사활동을 하는 3주 동안 심지어는 인도의 현지 식당에서 밥을 먹지 않을 만큼 조심했음에도 불구하고 그들에게 생긴 일이었다고 아들이 말해 주었다.

가한을 포함한 10명의 아이는 내가 오기 전에 콜카타에서 봉사활동을 하고 있었다.

만남의 어색함은 빨리 지워지지 않았다. 첫인사가 매끄럽지 않아서 그랬을 수도 있었다. 별다른 노력도 하지 않았지만, 어색함이 사라지기 시작한 것은 순전히 시간 때문이었을 것이다. 시간의 흐름이 좋은 것은 해결되지 않는 많은 문제를 해결해 주기 때문이다. 해결을 못 해줄 때는 잊게 해 주었다. 많은 문제는 잊으면 깨끗이 해결되었다. 그렇게 생각해 보면 처음부터 문제가 없었는지도 몰랐다.

## 출발

봉사활동을 마치고 아이들이 떠나간 첫날, 아들과의 여행이 시작되었다. 우선 밥을 먹었다. 같이 밥을 먹는 일은 삶에서 가장 원초적이고 가장 친근한 행위일 거라는 생각이 들었다. 첫 식사는 현지 식당에서 먹는 알루(감자) 도사(Dosa)였다. 첫 식사라 나름대로 인도에서는 깨끗하고 시설도 좋아 보이는 식당으로 결정했다. 가한은 처음으로 먹는 현지 식당 음식이 조심스러운 표정이었다. 배탈의 걱정이 식욕도 줄여버린 듯했다. 나와 함께하는 한 달간의 여행은 현지 음식을 먹지 않고는 가능하지 않았다. 아들에게 인도의 어린아이들도 견디어 내는 인도의 위생은 당장은 배탈을 유발할 수 있지만, 해롭지는 않을 것이라고 달랬다.

들른 콜카타의 식당에는 두 종류의 사람들이 있었다. 한 종류의 사람들은 덩치가 크고 얼굴에 윤기가 흐르는 사람들이다. 그들은 계산대에 앉아서 다른 종류의 사람들에게 명령을 내린다. 그리고 무뚝뚝하게 계산하고 돈을 세었다. 다른 종류의 사람들은 체구가 작고 야위었다. 마른 얼굴은 상황이 요구하는 적절한 표정을 짓고 있었다. 물론 말수도 적었다. 주문을 받고 음식을 만들고 서빙(serving)을 한다. 비하르(Bihar)나 콜카타 주변의 농촌 지역에서 흘러들어온 사람들이다. 그들은 식당 내 필요한 영어에 유창했고, 관광객에게는 항상 'Sir'을 붙여 말했다. "헬로우, 썰.", "땡큐, 썰."

두 종류 사람의 관계는 주인과 하인의 관계처럼 분명했으며 분명한 역할을 분명히 구별했다.

관광객을 상대로 하는 식당은 아침 식사부터 점심 그리고 저녁을 팔았다. 아침엔 주로 짜파티(인도식 밀가루 빵), 감자나 인도식 치즈인 파니르(paneer)를 넣어 기름에 구워낸 알루 프라타같은 인도식 아침 식사나 영국식, 프랑스식, 미국식, 이스라엘식과 콘티넨털식 아침 식사를 팔았다. 점심과 저녁은 인도식, 이탈리아식, 중국식 또는 티베트식으로 관광객이 원할 만한 모든 음식을 준비하고 있었다. 하지만 인도 요리사는 모든 음식을 인도화시키는 마법의 손을 가지고 있었다. 식사 중에도 천연덕스럽게 먼지를 일으키며 바닥을 쓸고, 걸레와 행주가 구별되지 않는 인도의 식당은 파리가 점령하고 있었다. 인도에서는 식사조차 체념하지 않고는 도전하기가 쉽지 않았다.

그럼에도 불구하고 한국과 유럽의 말끔하게 인테리어가 된 식당의 음식은 믿을 만한 건지 하는 의심을 가지고 있었다. 물론 시각적으로 충분히 안전해 보였고 음식은 정갈하게 나왔지만, 우리가 먹는 음식들은 농약과 유전자가 변형된 농산물임을 걱정했다. 육류는 성장촉진 호르몬과 항생제를 먹고 자란다. 해산물 역시 바다의 오염이나, 양식인 경우 항생제를 벗어날 수 없다. 그리고 대부분의 음식이 입맛을 유혹하기 위해 각종 화학적 감미료를 사용한다. 간편식 또한 각종 감미료와 보존제로 처리된 것을 감안하면, 우리의 식탁 또한 건강을 보장하지는 못할 것이라는 생각이 든다.

인도인이나 우리나 어쩌면 체념하지 않으면 먹고살기 힘들다. 인도에서 눈에 보이는 비위생에 체념하듯이, 우리는 음식에 숨겨진 다양한 인위를 체념하고 먹고사는 것이다.

## 칼리를 찾아가다

칼리 신전을 찾았다. 콜카타는 칼리(Kali)의 도시다. 칼리는 콜카타 힌두교도들이 숭배하는 주신(主神) 중 하나이다. 도시의 이름은 그녀를 품고 있었다. 흉측한 모습을 한 여신, 칼리는 시바의 아홉 아내 중 하나다. 그녀는 검은 피부에 선혈이 뚝뚝 떨어지는 긴 혀를 내밀고 있다. 해골로 목걸이를 만들어서 목에 걸고, 잘린 사람의 손으로 만든 치마를 입었으며 4개의 팔과 다리를 가졌다. 4개의 팔에는 갖가지 무기와 잘린 사람의 머리를 들고 있다. 칼리는 시바의 아름다운 아내, 파르바티의 아바타였다.

칼리가 콜카타의 주신이 된 신화는 이랬다. 그녀의 남편, 시바는 아무것도 가진 것이 없었으며, 대마초를 피우고 항상 깊은 명상에 잠겨있는 백수였다. 칼리는 그런 시바(lord Shiva)에게 시집갔다. 장인, 닥샤(Daksha)는 그의 사위를 달가워하지 않았다.

어느 날 칼리가 친정을 찾았다. 그곳에는 신들의 파티가 열리고 있었다. 하지만 그녀와 남편, 시바는 초대되지 않았다. 아버지는 시바를 제외한 다른 신들만 초대해 파티를 즐기고 있었다. 칼리는 자신과 남편을 무시한 아버지에게 분노했다. 분노한 그녀는 스스로의 몸에 발생한 화염 속에서 불탔다. 아내의 죽음을 알게 된 시바 신의 눈에는 눈물 대신 화염이 타올랐다. 강렬한 슬픔이 분노가 되었다. 시바는 자신의 아바타인 파괴의 신, 비라바드라(Veerabhadra)의 모습으로 변했다. 비라바드라는 하늘에 닿을 만큼의 큰 키에, 몸은 먹구름처럼 검었으며, 세 개의 화염의 눈동자와, 불타는 머리칼 그리고 무시무시한 무기를 손에 들고, 해골을 꿴 목걸이를 두른 모습이었다. 비라바드라는 칼리의 주검을 안고 죽음과 파괴의 춤을 추기 시작했다. 천지가 불타고 모든 생명은 두려움에 떨었다. 죽음의 춤은 세상을 불태우고 종말을 가져오게 할 것이었다. 파괴의 춤을 멈추기 위해 유지의 신, 비슈누가 나섰다. 춤을 멈추기 위하여 비슈누는 칼리의 몸을 51조각으로 분리했는데, 그 조각들이 인도의 각 지역으로 떨어졌다고 한다. 그중 엄지발가락 또는 얼굴이 떨어진 곳이 콜카타의 칼리 신전이 되었다고 전해진다.

인도 신화는 한국인이 이해 불가한 인도처럼 이해하기 쉽지 않다. 원주민이라고 믿는 짙은 피부의 드리비디언, 중앙아시아에서 침입해 온 유목민, 아리안 외에도 그리스, 스키타이, 파르티아, 몽고, 훈 그리고 중국인뿐만 아니라 중앙아시아, 이란, 터키, 에티오피아에서 온 선교사나 전사들의 후손까지 다양한 민족들이 얼굴을 맞대고 살아가는 곳이 인도다. 영어를 포함한 22개의 공식언어와 2만 2천 개의 지방어가 사용되는 곳이다. 인도는 히말라야 눈

덮인 산맥에서 갠지스의 기름진 평원, 라자스탄의 타르사막에서 적도 부근의 열대까지 다양하고 거대한 땅덩어리를 가지고 있다. 단일한 언어를 사용하고 당연하게 단일 민족으로 교육받은 한국인에게 문화의 다양성을 넘어서 폭발한 문화의 빅뱅(big bang) 같은 인도의 신화를 이해한다는 것은 불가했다. 그것은 양자물리학을 논리로 이해하려는 것 같았다. 양자물리학은 실험과 관찰로 일어나는 사실을 알 수는 있지만, 논리적으로 설명할 수는 없는 학문이라고 나는 생각했다.

콜카타의 칼리는 전형적인 모습은 아니었다. 금으로 만든 혀를 내밀고 있는 모습이 그녀를 특징 지었다. 하지만 대부분의 칼리가 그렇듯이 4개의 팔을 가진 그녀는 아수라 또는 인간의 머리를 잘라서 한 손에 들고 다른 한 손에는 피 묻은 칼을 들고 있었다.

이것은 칼리가 인간의 에고(ego)를 지혜의 칼로 잘라서 인간을 둑카(Duka, 산스크리트어), 곧 고통에서 구제함을 의미했다. 힌두에서 에고는 모든 고통의 원인이었다. 그녀는 인간의 모든 고통의 원인은 조건이 아니라, 자아의 욕망에서 시작됨을 가르치고 있었다. 칼리는 자아의 머리를 잘라내어서 고통에서 구하는 여신이었다.

사실 모든 고통에 "나의"라는 단어가 붙으면 고통은 필요 이상으로 커졌다. 누군가가 먼 나라에서 총탄과 파편에 죽어 가도 무심해진 오늘날에도, '나의 베인 손가락'은 타인의 죽음보다 훨씬 직접적이고 아팠다.

하지만, 콜카타의 거리를 한참 쪼그리고 앉아서 지켜보고 있노라면 칼리가 주는 의미를 인간들은 다르게 받아들이고 있는 게 아닌가 하는 의문이 들었다. 사람들은 자신의 머리가 아니라 타인의 머리를 잘라야 부와 행복을 거머쥘 것이라고 이해하는 듯했다.

## 물웅덩이

비가 내렸다. 도로의 곳곳이 침수되고 물웅덩이를 만들었다.

좋은 신발을 신은 사람들은 웅덩이를 피해 멀리 돌아가고 있었다. 맨발이나 샌들을 신은 사람은 자연스럽게 물 위를 걷는다. 거리에서 태어나고 거리에서 자란 콜카타의 가난한 집안의 아이들은 물웅덩이에서 물장난을 치며 즐거워하고 있었다. 좋은 신발을 가진 사람이 피해 가는 더러운 물웅덩이에서 즐거움을 찾는 아이들은 조건에 구애받지 않는 행복을 즐기고 있었다. 더러운 물웅덩이에서 거리의 개들과 신나게 한바탕 뒹굴며 놀 줄 아는 아이들은 아마 어떤 상황에도 행복할 수 있는 마음을 가지고 있지 않을까 하는 상념에 빠졌다.

그와 대조적으로 공기 정화기가 돌아가는 깨끗한 가정에서 더 이상 손대지 않는 장난감을 가득 쌓아둔 우리의 아이들의 행복은 이미 많은 조건과 물질에 의존하도록 길들여지고 있었다.

인도는 길가에 앉아서 곰곰이 오랜 상념에 잠겨도 이상한 사람이 되지 않는 곳이다. 다시 더러운 물웅덩이를 생각해 보면, 물이 더러워서 피하는 것이 아니라, 물이 더럽다고 생각해서 피하는 것이다. 말장난 같지만, 두 개는 엄연히 달랐다. 물웅덩이가 더럽다고 우리는 생각했고, 아이들은 그런 생각이 없었던 것이다.

모를 때는 잘 먹고 잘 즐기다가 텔레비전에 어떤 음식이 해롭다는 방송이 나오면 다들 질겁한다. 살충제 계란, 육류를 먹인 소고기, 수은에 오염된 생선 등 다들 해로운 것이었지만, 모르고 해롭다는 생각이 없을 땐 잘 먹던 것들이었다. 사람은 생각의 지배를 받는다. 생각이 우리의 행동을 가로막는 것 또한 많다. 위험할 것 같아서, 어려울 것 같아서, 힘들 것 같아서, 실패할 것 같아서. 이 모든 생각은 우리가 실제의 조건과 상황을 만나기 전에 우리를 좌절하게 한다. 스스로의 생각이 나를 가두는 경우를 말하는 것이다.

칼리의 지혜의 칼과 에고의 잘린 머리의 의미를 가한에게 설명해 주었다. 우리의 고통의 원인이 에고(ego)에 있음을 이야기했는데, 가한이 너무 쉽게 동의했다. 동의했는지, 그 의미에 특별한 가치를 두지 않았는지는 확실치 않았다. 인생의 고(苦)를 생각하기에는 그는 너무 젊었을 수도 있다.

# 부다가야

**B o d h  G a y a**

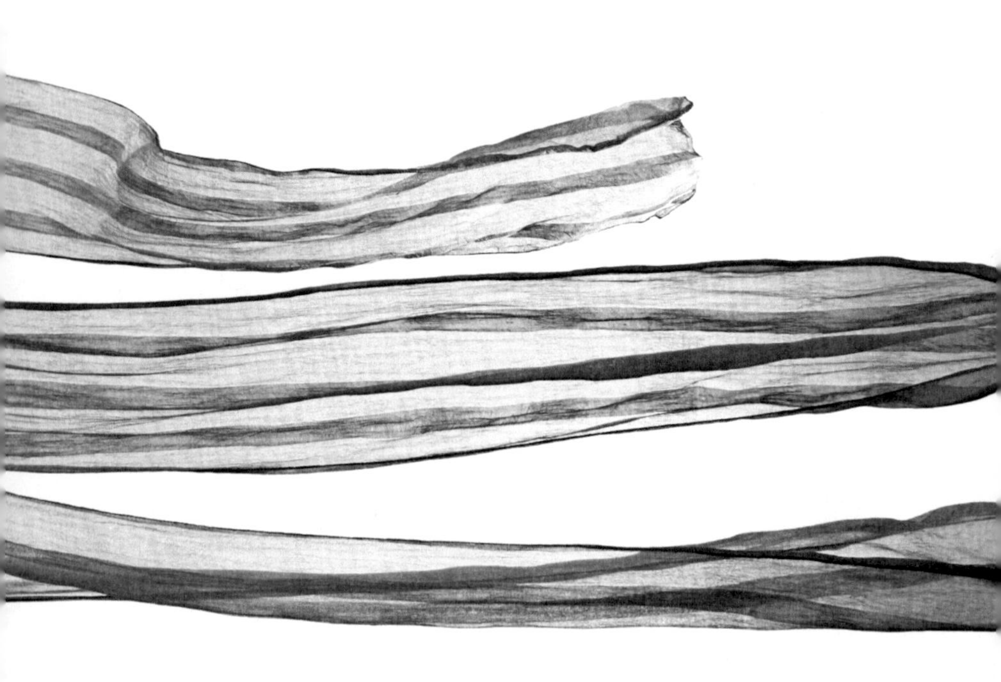

## 부다가야로 가는 기차

doon express 열차의 침대칸을 이용해 흔들리는 밤을 지나서 부다가야(Bodh Gaya)로 향했다.

꿈을 꾸었다. 꿈에선 바람이 심하게 불었다. 꿈속의 나의 집은 <하울의 움직이는 성>처럼 바람에 밀려나고 있었다. 가한의 엄마가 바람에 넘어져 고통에 신음하는 모습이 보였다. 떨어진 낙엽들이 바람을 따라 스산한 거리를 쓸고 빠르게 밀려갔다. 하지만 어쩐 일인지, 아기 모습의 가한은 멀쩡한 모습으로 태연하게 바닥에 앉아있었다.

낡은 철제 몸뚱이가 고스란히 드러난 기차는 몹시 흔들리며 달리고 있었다. 기차는 천천히 달렸지만, 깨어질 것 같은 소음을 내며 달리고 있었다. 열린 창을 통해 미지근한 바람이 세차게 넘어들어왔다. 세찬 바람이 미지근한 것은 어울리지 않은 일이지만, 인도에서는 가능했다.

가한은 나의 위 침상에서 소음과 흔들림에 시달리며 잠들어 있었다.

열린 창으로 넘어오는 바람엔 수천 마리의 개구리 소리가 철마의 소음을 뚫고 묻어 들어왔다.

가끔 도시와 촌락의 오렌지색 전등 빛들이 기차의 반대 방향으로 달렸다. 전등 빛은 창을 넘는 미지근한 바람과 개구리 소리에 젖어 달리고 있었다. 개구리 소리는 나를 어린 시절의 추억으로 잠시 소환했다가 다시 놓아 주었다. 나는 깨어 있었지만, 한편으론 꿈꾸는 듯한 묘한 상태로 기차에 몸을 맡긴 채로 흔들리고 있었다.

부다가야의 푸른 새벽이 차이(chai, 인도 밀크티) 향과 함께 아침으로 천천히 깨어나고 있었다. 나는 우유에 끓인 진한 홍차에 설탕이 듬뿍 든 차이를 즐겼지만, 차이를 담은 붉은색 흙으로 구운 일회용 테라코타 잔을 더욱 좋아했다. 흙으로 만들어져 차를 담고, 차를 비우면 던져져 다시 흙으로 돌아가는 테라코타 잔의 까끌까끌한 감촉과 색감을 좋아했다. 하지만 언젠가부터 얇고 잘 구겨지는 플라스틱 잔에 담겨온 차이는 그 맛도 잃고 있었다.

## 부처 이야기

부다가야에선 누구든지 부처 이야기를 하게 된다. 아들과 부처의 이야기를 나누었다. 부다가야는 부처가 수행의 결실을 본 곳이었다.

카필라바투스의 왕자, 싯다르타는 사랑하는 가족, 물려받을 왕국의 권력, 많은 재화와 궁의 아름다운 여인들을 뒤로하고 단신으로 숲으로 들어갔다. 사실 싯다르타가 모든 것을 뒤로하고 들어간 숲은 2016년 겨울에 '코뿔소와 사람들의 삶'이라는 주제의 다큐멘터리 촬영을 위해 45일간 머물던 버퍼 존(buffer zone)과 멀지 않은 곳이라 나에게는 낯설지 않다. 촬영이 이루어진 지역의 숲은 요즘도 밤이 되면 누구도 감히 혼자 집 밖으로 나갈 엄두조차 내지 못하는 곳이다. 인간의 영역 확장에 의해 축소된 정글에는 500여 마리의 코뿔소와 280마리의 호랑이, 곰, 표범과 자칼, 악어 그리고 독사와 독충이 여전히 살아가고 있다. 2600년 전의 싯다르타가 들어간 숲은 더욱 두려운 곳이었을 것이라고 짐작할 수 있었다. 그는 고통으로부터 자유롭기 위하여 죽음의 땅으로 들어간 무모하리만치 용감한 사내였다.

촬영 팀은 숲의 어디에선가 우리를 지켜보고 있을 보이지 않는 야생동물을 느끼면서 두려움 속에 정글과 버퍼 존을 걷고 매복했다. 렙티강을 건너 버퍼 존의 마을에 자라는 곡식을 먹으러 올 코뿔소를 기다리며 하염없이 습하고 추운 정글의 밤을 지켰던 곳이었다. 마을의 논밭에 자라는 곡식은 코뿔소나 코끼리 같은 초식동물에게는 잘 차려놓은 밥상과 같았다. 나는 2600년 전에 그 숲을 홀로 걸어 들어갔을 싯다르타를 떠올리며 그의 용기에 새삼 감탄하고 있었다. 세상의 많은 진리는 따뜻하고 친절하지 않았다. 가혹하리만치 무섭고 차가운 진리는 담대한 용기를 가진 사람들만이 찾을 수 있었을 것이라는 생각을 했다.

아들에게 코살라국의 영토에 머물 때의 수행자, 싯다르타의 일화를 이야기해 주었다. 물론 아들에게 해 주고 싶은 말을 부처의 일화를 통해 간접적으로 전달하고, 무엇을 위해 인생을 사는가에 대한 담론을 나누기 위해서였다. 사실 부다가야를 택한 것도 그 때문이었다.

어느 날, 코살라국의 국왕, 빔비사라는 범상치 않은 수행자가 자신의 왕국에 왔다는 말을 신하로부터 전해 들었다. 왕은 수행자를 만나러 몸소 숲으로 갔다. 수행자와의 만남은 왕이 수행자의 고귀한 인격과 재능을 알게 해 주었다. 그래서 왕은 수행자에게 많은 영토와 권력을 약속하며 노쇠한 자신을 위해 왕국의 일을 하도록 권했다. 하지만 싯다르타의 대답은 분명했다. "한 번 뱉은 침은 다시 삼키지 않습니다."

그가 뱉은 침은 무엇인가? 그것은 현대를 살아가는 사람들의 꿈이기도 했고, 이상이기도 했으며, 삶의 목표가 되기도 하는 것들이었다. 우리는 대부분 재산을 모으고 명성을 구하며 힘을 얻는 욕망의 충족을 위해 인생을 살아가고 있음을 생각해 보았다.

아들이 부처의 뱉은 침을 위해 살아가는 삶에 대해서 생각해 보기를 바랐다. 아들은 부다가야의 몬순 동안만 수량이 풍부해지는 강의 둑에 앉아서 말없이 이야기를 들었고 생각에 잠겼다. 그것으로 충분했다. 물론 재산, 명성 그리고 권력을 얻기 위해 산다고 해도 나쁘다는 것은 아니었다. 하지만 많은 사람이 그렇게 살아간다고 해서 아들도 굳이 그 길을 따라서 살 필요는 없었다.

모래에 의해 갈라진 몇 줄기의 물길이 강을 이루고 있었다. 강 건너편에는 수자타 마을로 가는 다리가 보였고, 마을 왼편에는 자그마한 바위산이 몬순의 어두운 구름을 머리에 무겁게 이고 있었다. 산에는 부처가 수행하던 동굴이 있다. 무겁고 습한 바람이 지나갔다. 곧 다시 비가 내릴 거라고 짐작할 수 있었다.

## 설명하기 힘든 것

게스트하우스 침대에 눕고 걸터앉아 가한과 이런저런 이야기를 나누었다. 숙소 천장에 달린 선풍기는 습하고 더운 공기를 아래로 밀어내고 있었다. 함석으로 만든 날개를 가진 선풍기의 삐걱거리는 소리는 지친 사람의 걸음걸이 같았다. 게스트하우스에 손님은 우리뿐이었다. 우기에 부다가야를 여행하는 사람들은 많지 않았다. 비가 잠잠해지자 싯다르타가 득도했다고 전해지는 마하보디 사원의 보리수를 향해서 걸었다. 부처는 보리수 아래 숲을 향해 발끝에 전해지는 사소한 느낌까지 살펴 가며 걸어갔을 것이다. 부처는 매 순간 일어나는 느낌과 생각에서 한순간도 멀어지지 않았다고 했다. 순간에 순수하게 집중하는 것은 삶을 가장 진지하게 사는 방법일 것이다. 우리의 의식은 너무도 자주 과거와 미래에 소환되었다. 의식이 현재를 떠나가 버리면 현재는 공허하게 흘러가기 마련이다. 가한과 나의 의식은 많은 상인의 호객에 의해서 항상 깨졌다. 그들은 피팔 나무(보리수)의 잎을 장식해서 팔거나, 구걸하는 사람들에게 나눠줄 수 있도록 고액권을 소액권 루피로 바꿔주는 상인들이었다. 구걸하는 사람들의 숫자는 너무도 많았다. 순례객들은 순례지에서 관대했다. 수많은 거지에게 측은지심으로 일일이 돈을 나눠주고, 또 한편으로 자신의 관대함에 만족했다. 부다가야의 거지는 측은지심을 충족시키도록 도와주는 서비스 산업이 되고 있었다.

금속 탐지기를 두어 차례 지나서야 마하보디 사원으로 들어설 수 있었다. 대리석 바닥은 내린 비로 젖어 있었다. 맨발로만 입장이 허용되는 사원의 젖은 바닥의 차고 단단한 느낌을 느끼면서 보리수나무로 향했다. 신발에서 자유로워진 발은 생소한 느낌들을 즐기고 있었다. 아들의 발은 군중 속을 나체로 걸어 들어가는 사람처럼 발에 닿는 생소한 느낌에 움츠리고 있었다. 유럽의 삶에서 발이 발가벗는 일은 드물었다. 그리고 발가벗은 발이 대지를 만나는 일은 더욱 드물었다. 우리는 발끝의 사소한 느낌까지 느낄 수 있었다.

아들에게 여기가 부처가 득도한 곳이라고 말해 주었다. 하지만, 득도가 무엇인지 물어오는 아들에게 득도를 정의하기에는 나 역시 뜻을 제대로 알지 못하고 있음을 그제야 깨달았다. 항상 득도라는 말을 해 오면서도 실제론 이해하지 못했던 것이었다. 득도했다는 몇몇 사람을 만나 본 적은 있었다. 나는 그들에게 득도란 무엇인지 제대로 물어본 적이 없었다. 그리고 스스로 득도했다는 사람들의 말과 행동은 득도에 대한 나의 이미지를 허물곤 했다. 나의 지식은 자주 이렇게 부실했다. 항상 말하고 사용하고 아는 것처럼 말했지만, 실제로 설명해야 할 때가 되면 제대로 설명할 지식이 없음을 깨닫곤 했다. 내가 가진 지식 중 많은 것은 앎이 아니라 안다고 막연히 생각하는 것들이었다.

2600여 년이 지난 지금까지도 세계의 각처에서 찾아온 순례자들이 공경하고 또 가르침을 배우고 따르려는 부처의 득도를 설명해야 부다가야까지 찾아온 이유를 설명할 수 있을 것 같았다.

물론 많은 책이 이를 설명하고 있다.

생사의 고뇌에서 벗어남.

일체의 자유로움.

걸림이 없음.

돌아오지 않는 강을 건넌 사람.

있는 그대로를 보는 사람.

지혜의 눈을 가진 사람 등등.

하지만 가 본 적이 없거나 그 상태를 경험해 본 적이 없는 것을 설명하는 것은 가능하지 않았다. 모르는 것을 설명하는 것만큼 어려운 것은 없었다.

그래서 일단 보리수 아래로 걸어갔다. 많은 사람이 사원을 돌고, 경배하고, 명상하고 있었다. 그들 역시 아들에게 가 보지 않은 곳을 제대로 설명할 수는 없을 것이다. 모르는 것을 어리숙하게 설명하기보다는 반가부좌를 틀고 눈을 감고 나도 호흡에 집중했다. 9년의 수행 이후 보리수 아래에서 7일간의 명상을 한 부처를 흉내 내어 앉았다.

명상에 집중했다. 설명하지 못할 것을 설명하기 위해서라도 다리가 아파 일어서지도 못할 만큼 앉아있었다. 다리가 저려 왔지만, 뾰족한 방법도 없었다. 가한이 조용히 내 곁을 지켜 주었다. 나는 여전히 득도를 설명할 수 없었지만, 모르는 것은 설명하지 않는 게 나았다. 그래도 오랜 명상 후에 저린 다리를 한참 쉬어 일어나는 아빠 곁에서 아들은 많은 사람이 간절히 기도하는 모습들을 지켜보았을 것이다. 경건한 사람들의 표정과 기도하는 사람들의 모습에서 도달하고 싶어 하는 상태의 아주 작은 단편이라도 엿보기를 바랐다.

## 숙소에서의 잡담

가한과 게스트하우스로 일찍 들어왔다.

400루피(6,000원) 정도의 방에는 두 개의 나무 침대와 플라스틱 의자 하나, 낮은 탁자, 그리고 천장 선풍기 하나가 불안하게 돌고 있었다. 벽에 설치된 수많은 스위치의 용도는 알 수 없었고, 휴지통이나 수건은 없었다. 여리꾼이 약속한 크고 깨끗하며 더운물이 나오고 와이파이(WI-FI)까지 가능한 게스트하우스는 아니었음이 확실했다. 사실 그의 말을 모두 믿고 따라간 것도 아니었다. 그래도 우리는 만족하기로 결정했다. 만족은 원하는 조건의 완성이 아니라 마음의 결정이 될 때도 있다. 이왕 만족하기로 한 김에 우리만 이해하는 자족의 표현들도 만들었다. 더운물이 나오지 않는 더운 샤워를 우리는 '인디언 핫 샤워'라고 이름 짓고, 와이파이는 사치로 치부하기로 했다.

사실 혼자 자취하는 가한도, 산과 길에서 많은 시간을 보내는 나 역시 우리의 사회에서 당연히 여겨지는 환경을 늘 누리고 살아온 사람들은 아니었다.

가한은 베르사유(Versailles)역 근처의 아주 작은 싸구려 스튜디오에 살면서 학교에 다니고 있었다. 정부에서 보조금을 조금 받고, 초등학교에서 방과 후 아이들을 돌보는 일로 아르바이트를 했다. 그리고 부모 집에 들를 때면 냉장고를 뒤져서 먹을 걸 잔뜩 조달했다. 양아버지인 띠에리(Tierry)는 가한의 생존 방법을 바라보며, 조달청 역할을 가벼운 마음으로 해 주었다.

프랑스나 한국이나 의대 공부는 만만치 않았지만, 아이가 받을 수 있는 지원은 제한되었고, 그의 친아버지인 나는 가난했다.

부다가야에서 부처의 흔적을 상상해 보는 것 외에는 바쁠 일이 없다. 강가에 앉아 강 건너 수자타 마을을 바라보며 올라오는 생각과 감정을 살피고, 사람과 길을 배회하는 짐승들을 지켜보고, 말을 붙이는 장사꾼들과 여리꾼들에게 적당히 대꾸해 주고, 숙소로 들어와 침대에 비스듬히 눕거나 걸쳐 앉아 가한과 이런저런 이야기를 나누었다.

딱히 할 일은 없지만, 심심할 일 없이, 때로는 친근하고 때로는 생소한 것들을 천천히 구경하는 것이 자유 여행의 이점이기도 했다.

가족, 친구, 그리고 여자 친구 폴린에 대해서 이야기했다.

우선 폴린의 어떤 면이 좋은지 물어보았다. 아들은 모르겠다고 대답했다. 폴린도 같은 질문을 가끔 하는데, 모르겠다고 대답한다고 아들은 덧붙였다. 좋은 대답인 것 같다고 말해 주었다. 예뻐서, 착해서, 귀여워서, 똑똑해서 같은 조건 때문에 상대가 좋으면, 조건이 달라지거나 조건을 바라보는 인식이 변하면 좋아하는 감정에 변화가 있을 수도 있으니, 이유 없이 좋으면 오래 잘 사귈 수 있을 듯하다고 보탰다. 폴린은 가한의 대답을 서운하게 받아들인다고 했다. 여자친구가 좋아할 대답은 당연히 아니었다. 물론 가한이 조건 없이 그냥 좋다는 뜻인지, 특별한 매력이 없다고 말한 것인지, 아니면 깊은 속을 드러내기 싫어서 한 말인지는 분명하지 않았다.

다음으로 주변의 친구들과 친척의 이야기를 나누었다. 가한은 외로움이 싫다고 말했다. 이 부분에서 미안함과 아픔이 가슴을 스치고 지나감을 느꼈다. 가한은 친구들이 찾아오는 것을 반겼다. 친구들과 피자를 나눠 먹고, 파스타를 만들어 주고, 술을 나눠 마시곤 한다고 했다. 가한의 친구 중에서도 앙트완은 자전거로 며칠씩 여행을 동행하는 가까운 친구였다. 우리는 그의 삶에 관해서 이야기했다. 그와 친구들은 젊었다. 그리고 프랑스의 괜찮은 가정에서 태어나 자신이 원하는 삶을 계획하며 살아가고 있었다. 그들은 삶은 노력하는 것만큼 보상받으리라고 생각하는 듯했다. 나도 한때는 그런 삶을 생각해 보지 않은 것은 아니었다. 하지만 원하는 대로 이루어지는 삶은 존재하지 않음을 알게 되는 데는 오래 걸리지 않았다. 젊은 시절에 꿈과 희망을 이야기할 수 있는 세상에서 태어난다는 것은 행복한 일이었다. 많은 사람이 그런 세상에서 꿈을 꾸고 꿈을 이루기도 한다. 하지만 나는 이제 꿈을 꾸는 것도 좋은 일이지만, 꿈과 희망에 기대지 않고 삶을 사는 것도 중요한 일이라 생각한다. 우리 사회는 어쩌면 강박처럼 아이들에게 꿈과 희망을 품을 것을 강요하고 있지 않은지를 묻는다. 또한, 부모와 사회의 되풀이되는 성공과 희망의 이야기들이 많은 아이에게 공식처럼 받아들여져 자기 삶의 방향이 생겨나기도 전에 마음속에 자리 잡기 십상이었다.

아이들에게 자신들의 꿈과 희망을 직간접적으로 그리고 의도적·비의도적으로 주입하는 많은 사람의 이야기가 아이들의 삶에 도움이 될지는 확신할 수는 없었다. 많은 어른 역시 항상 미래를 불안하게 바라보고 있기 때문일 것이다. 불안한 미래를 초조하게 바라보는 사람들은 아이들을 걱정스럽게 바라보고, 불안한 마음에서 만들어진 초조한 꿈과 희망의 이야기를 들려주고 있었다. 불안한 마음에서 만들어진 꿈은 현실에서 도피하려는 궁리가 되기 쉬웠다. 진정한 꿈은 현실을 부정하지 않고 현실의 토대에서 자신의 미래를 만드는 것이어야 했다. 꿈과 희망의 이야기들은 꼭 있어야 하는 것이 아니라, 살아가면서 생겨나고 만들어지는 것이라고 나는 이제 생각한다.

나의 친구와 주변의 이야기를 해 주었다. 군인들이 장악한 나라에서 라면 국물과 소주를 마시며 민주화를 이야기했다. 목이 쉬도록 구호를 외치며 어깨동무하고 거리로 뛰쳐나갔다. 최루탄가루의

매운 연기에 울분의 눈물을 흘렸다. 우리의 20대는 그렇게 지나갔다. 나는 앞이 보이지 않는 어두운 터널을 지나고 있었다. 세상의 가장자리에서 밀려나지 않고 스스로의 자리를 만들기 위해서 정신없이 30대를 보냈다. 그리고 안정된 삶을 기대하며 어려움과 불안을 이겨 가며 40대를 보냈다. 세상일에 미혹되지 않는다는 불혹의 시대에 많은 우리는 삶의 흐름에 저항 한 번 하지 못하고 시대를 살아냈다. 하지만 50대 중반이 된 나의 주변은 여전히 곤란과 어려움을 가지고 살고 있다. 그리고 곤란과 어려움의 이유는 다양하다. 불안한 고용과 은퇴, 부부간의 갈등, 자식에 대한 걱정, 자신의 건강과 노후에 대한 걱정, 부모의 노화와 형제간의 유산에 대한 다툼, 부모님 부양에 대한 문제 등등 다양했다.

주변의 많은 지인은 한국이라는 환경에서 생성된 인생 공식에 맞춰서 성실하게 살아온 사람들이었다. 젊은 날의 배움, 안정된 직장, 알맞은 배우자와의 결혼 그리고 자식 교육에 많은 지원을 아끼지 않았다. 노후를 위해 집을 사고 저축을 했으며, 예상치 못한 일에 대비해 보험에 가입했다. 주변 사람들은 건강하고 성실했으며 도덕적인 사람들이었다.

물론 그들 모두 우리 사회의 공식에 적극적으로 동의하거나 수용한 것은 아니었다. 50대 중반, 많은 주변의 사람들은 사회 공식과 자신의 상황에 간극을 느끼고 있었다. 또한, 살아온 삶이 자신의 원했던 삶인가에도 의문을 가진다.

그 의문은 실은 중년이 되기 훨씬 전에, 인생의 계획을 시작할 즈음에 고려했어야 했다. 공식이 통용되는 사회의 환경이 유지될지도 물어야 했다. 사실 그런 의문이 중년의 마음에 생기는 것은 가혹한 일이 될 수도 있었다. 가혹하다는 것은 삶의 방향을 변경하고 실천하기에는 너무 멀리 온 시점이라고 느껴지기 때문이었다. 사회는 나이는 그냥 숫자라고 말하면서 한편으론 다시 시작하는 인생을 지지하는 데는 인색했다. 그리고 이제 더 이상 동의하지 않는 인생의 공식에서 빠져나가는 다른 사람들의 모습에 불안해했다. 그런 불안은 자신의 삶에 대해 확신이 없을수록 컸다.

"젊을 때 보석을 구하지 못한 사람은, 고기 없는 호수의 백로처럼 죽어간다."

-『법구경』

## 거절하기

인도를 여행하는 사람은 영어에 유창한 두 종류의 사람들을 만나게 된다. 하나는 부유한 가정에 태어나서 소위 '잉글리시 스쿨'에서 교육받은 사람들이다. 이들은 호기심 외에는 굳이 외국인에게 다가갈 필요가 없었다. 다른 한 부류는 농촌이나 가난한 가정에서 태어나 먹고살기 위해 간절하게 영어를 익힌 사람들이다. 그들은 대부분 유창하게 영어를 말했지만, 영어를 읽거나 쓰는 일에는 익숙하지 않았다. 그리고 그들의 대부분의 돈벌이는 외국 여행자의 주머니에서 나왔다. 길을 걷다 보면 영어를 잘하거나 심지어 다양한 언어를 구사하는 젊고 친절한 젊은이들이 인사를 한다. 부다가야도 역시 예외가 아니었다. 대화는 우선 어디서 왔는지, 어디로 가는지, 여행 일정을 묻는 등의 일상적인 질문과 대답이 오간다. 그리고 차이 한 잔을 권하면서, 심 카드 구입, 환전, 숙소 소개, 또는 관광지 가이드 등 뭐든지 도와주겠다고 친분을 쌓는다.

이쯤 되면 여행자에게는 사내의 목적이 무엇인지가 분명해진다. 아니, 경험 많은 여행자는 영어가 유창한 젊은이가 친절하게 말을 붙이는 순간 안다. 그러나 그들의 의중을 안다고 해도 친절을 매정하게 거절하긴 힘들다. 그래서 조심스럽고 예의 바르게 "No."라고 거절하더라도 그들은 결코 물러서는 경우가 없다. 여러 번의 거절이 일어난 후에는 다음 화제로 돌려 자기는 학생이며, 고아원이나 어려운 처지의 아이들을 위해 학교를 돕는 일도 하고 있는데, 학교를 방문해서 언어 수업을 해줄 수 있느냐고 묻는 게 일반적이다. 봉사를 빙자해서 인근 학교로 데려간 후, 유도된 기부금에서 수수료를 받는 일을 하는 것이다. 어려운 아이들 돕는다는 일은 여행자의 거절을 어렵게 만든다. 여행자의 측은지심에 호소하는 것이다. 이렇게 강요된 미안함을 느끼는 것은 인도에서 피하기 힘든 일이다. 거리에서 미성숙한 아기를 보여 주거나, 신체 불구를 보이며 구걸하는 사람은 흔했다. 고통과 배고픔을 호소하며 구걸하는 사람들에 대한 안타까움과 미안함은 끊임없이 강요되었다.

하지만 학교나 고아원이라고 할지라고 동물원 들리듯이 쉽게 방문을 하거나, 준비되지 않은 수업을 하는 것은 바람직하지 않았다. 그런 쉬운 방문에 따를 만남과 헤어짐 그리고 약간의 후원금으로 이어지는 일련의 일로 아이들에게 도움이 될 것은 없었다. 이럴 땐 웃는 얼굴로 거절의 의사를 강하게 표현해 줘야 했다. 그들의 암묵적 사업을 강하게 거절하기는 하지만, 어려운 처지에서도 열심히 살아가는 그들의 노력에 불만을 전하고 싶지는 않기 때문이었다. 하나같지만, 사실 두 개는 엄격히 구분해서 전달해야 할 의미였다.

주변에 머무는 동안은 꼭 다시 그들을 만나게 되었다. 그것은 여행의 필연이 아니라, 그들이 우리를 항상 예의 주시하기 때문이다. 웃으면서, 확실히 거절하라! 전달하는 의미와 태도를 구분하는 것을 배우는 것은 여행에서 배운 교훈이었다. 여행에서 거절하기 힘든 제의를 만나기는 쉬웠다. "아니." 또는 "원하지 않아."라고 말하는 것은 쉬운 일이 아니었다. 그리고 힘들게 "No."라고 말할 때 목소리에는 힘이 빠졌고, 예스를 강제하는 상대에게 심정의 불편함이 전달되었다. 이런 식의 거절은 일반적이었지만, 도움이 되지 않았다. 그러나 여행 경험이 쌓이면서 배운 것이 있었다. 배에 힘을 주고 강하게 "No."라고 말하지만, 부드럽고 편안한 태도로 답하는 게 훨씬 의미가 잘 전달되었다. 그리고 상대방의 기분을 적게 훼손함을 알게 되었다.

나는 이런 간단한 거절법을 아들이 지켜보기를 원했다. 그리고 아들이 지켜보고 있다는 것은 거절법을 훨씬 잘 표현하는 데 도움을 주었다. 스스로 여행 노하우(know-how)의 모델이 되어 아들에게 전하고 싶다는 마음이 힘을 주었다.

## 여래 선원

비가 그치고 열대기후의 힘이 조금 누그러졌다. 하지만 우리에게는 여전히 덥고 습했다. 7년의 극단적 금욕 생활로 생사의 경계에 선 싯다르타에게 우유 밥을 공양한 수자타의 흔적을 찾고 싶었다. 바크라우(Bakraur) 마을에 있는 수자타 탑을 향해서 걸었다. 찜통 같은 대기가 도시를 무겁게 채웠다. 대기의 무게만큼 무거운 걸음으로 천천히 걸었다. 시장을 지나고, 다리를 건넜다. 무릎 높이 정도로 겨우 올라오는 엉성한 시멘트 난간이 설치된 다리 아래로 여러 줄기의 강물이 흘렀다. 물길을 구분해 주는 모래 더미에는 잡초들이 높이 자라고 있었다. 플라스틱 쓰레기들은 풀에 걸려 펄럭이고 있었다. 개들이 강의 쓰레기 더미에서 먹이를 구하고 또 잠들었다.

나는 플라스틱 사용이 일반적이지 않은 세월의 인도와 플라스틱이 시장을 점령한 인도의 차이를 생각했다. 변하지 않는 인도를 변하지 않는 플라스틱이 완전히 바꾸어 놓았음을 안타깝게 생각하고 있었다. 변하지 않는 것들이 건강한 것인 경우는 드물었다. 고인 물처럼, 죽지 않아서 혐오스러운 좀비들처럼, 플라스틱은 가느

다란 풀의 머리카락을 쥐어 잡고 사라지길 거부하고 있었다. 인도 대륙의 구석구석은 플라스틱과 비닐봉지로 지저분하게 채워져 있었다.

차들은 다리 위를 위협적으로 달렸다. 그들이 품어내는 짙은 매연이 농도 짙게 습한 대기와 우리의 폐를 오염시키고 있음을 느꼈다. 어쩔 수 없는 것들은 감수할 수밖에 없었지만, 땀에 달라붙는 불완전 연소된 디젤 엔진의 그을음과 다리 밖으로 밀어낼 듯이 달려오는 차들을 체념으로 맞이하기에는 불안은 너무도 직접적이고 가까웠다.

시선을 사로잡는 간판을 생소한 곳에서 만났다. '여래 선원'이라고 쓰여 있다. 한글이었다. 영어권 사람들이 영어 간판이나 표지판을 만나는 느낌과 한국인이 외국에서 한글을 만나는 느낌은 많이 다를 것이다. 한글의 사용은 곧 한국인과 연관되었다. 여행에서 자주 그랬듯이 관심 가는 표지판이 가리키는 방향으로 걸었다. 자주 목적지를 벗어나 다른 길을 걸었다. 오랜 여행자는 길을 잃을 줄 아는 사람이고, 길을 잃어도 불안하지 않았다. 그것은 하나의 여행 속에서 작은 여행이 생겨나는 방식이기도 했다. 비포장 길에는 크고 작은 물웅덩이가 곳곳에 만들어져 있었다. 잡초는 무심함을 먹고 잘 자랐다. 하지만 잡초에게 눈을 주고 관심을 가지면 더 이상 잡초는 존재하지 않았다. 관심을 먹은 잡초는 자신의 이름을 말하고 자신의 아름다움을 자랑했다. 우리는 길을 따라 걸었고, 마을 사람들의 눈들은 집요하게 우리를 따라왔다. 인도 여행자는 따라오는 눈으로부터 자유로워지는 것은 불가능했다. 체념하고 익숙해지지만, 그래도 가끔은 살피는 눈들이 느껴졌다.

한참을 걸어 도착한 선원은 절이라기보다는 학교였다. 4~5십여 명쯤 되어 보이는 동자승들이 우렁찬 목소리로 수업 내용을 복창하고 있었다. 한국의 '원만 스님'이 운영하는 불교 학교였다. 스님은 60대 초반쯤 되어 보였다. 둥근 얼굴과 앞 덧니가 소박하고 친근한 느낌을 주었다. 맑고 힘 있는 눈은 그가 수행자임을 강조해 주었다. 부다가야에서 2000년 초부터 선원을 운영하고 계신다고 말했다. 그는 뜬금없이 방문한 객들을 기꺼이 맞아주셨다.

형식적인 인사와 프랑스인 아들과의 여행을 간략하게 설명해 드렸다. 굳이 묻지 않았지만, 흔한 일은 아니기 때문이었다.

이런저런 이야기를 나누다 문득 그에게 도움을 청했다. 스님은 '득도'를 잘 설명해 줄 수 있을 거라 생각했다. 나는 아직 득도의 의미를 아들에게 설명하지 못하고 있었다.

스님은 '집착, 무지, 화, 욕심이 사라진 상태'라는 사전적 대답을 해 주었지만, 설득력 있고 명료하게 들렸다. 언어보다는 수행의 힘이 설명을 뒷받침해 준 듯했다. 언어에는 말이 전달하는 의미 외에도, 말하는 사람의 삶의 힘이 실려 있었다. 가한도 스님의 설명에 더욱 수긍하고 있었다. 또는 애쓰는 나의 모습에 대한 반응일 수도 있었다.

적갈색 가사를 입은 동자승들이 언젠가 득도의 경지에 도달하기 위해 우렁찬 목소리로 경을 읽는 모습이 그 의미를 더욱 생생하게 강화하고 있었다.

## 수자타 이야기

부다가야에서 전하는 수자타와 수행자 싯다르타의 이야기는 이랬다. 이 이야기는 바크라우의 한 청년이 말해준 것이다. 부모를 일찍 잃은 수자타는 항상 외로움을 품고 살았다고 한다. 절실하게 외로운 어느 날, 그녀는 바얀나무에 다가갔다. 나무는 마을을 지키는 신이었다. 신에게 외롭지 않게 해달라고 소원을 빌 셈이었다. 그녀가 나무에 가까워질 즈음에, 나무 아래에 한 수행자가 앉아 있는 모습을 보았다. 깊은 명상에 빠진 그의 사지는 나무 덩굴처럼 가늘게 뒤틀리고, 엉덩이는 물소의 발굽처럼 야위고, 척추뼈는 구슬을 꿰맨 것처럼 튀어나와 있었으며, 갈비뼈는 무너져가는 헛간을 받치는 지지대처럼 허물어져 가고, 눈알은 깊이 꺼져 들어가 깊은 우물의 바닥의 물처럼 반짝이고 있었다. 수자타는 수행자가 바얀나무신일 거라 생각했다. 너무도 수척한 바얀나무신에게 우유 밥을 공양드리려 했지만, 금욕 수행을 하던 수행자는 공양을 받지 않았다. 그는 식욕까지 억누르고 있었던 것이다. 수행자의 몸에는 주검의 그늘을 드리우고 있었지만, 눈에는 의지가 여전히 빛나고 있었다.

어느 날 수자타는 세 명의 현악기 연주자를 데리고 가서 수행자를 위해 각자 한 명씩 연주를 하도록 했다.

그중 첫 번째 연주자의 현은 너무 느슨해서 제대로 소리를 내지 못했다.

두 번째 연주자의 현은 너무 팽팽해서 역시 좋은 소리가 나지 않았다.

하지만 적절히 조율된 현을 가진 세 번째 연주자에게서는 아름다운 음악이 흘러나왔다.

극단이 아니라, 적절히 조율된 현이 완벽한 소리를 낸다는 의미를 깨달은 수행자는 수자타의 우유 밥 공양을 받았다. 수행자가 받은 우유 밥은 그의 몸과 정신이 하나 되는 순간이기도 했다. 극단이 아니라 적절히 조율된 수행이 아름다운 결과를 이루게 함을 말하고 있었다. 이야기는 부처의 중도사상이 만들어지는 순간을 설명하고 있었다. 그 수행자는 부처가 된 사람이었다.

# 바라나시

**V a r a n a s i**

## 갠지스의 추억

강은 여전히 흐르고 있었다. 나는 이전 여행에서 이 강을 두 번 찾았다. 두 번의 여행은 사랑했던 두 명의 여인들과 함께였다. 강의 이름은 갠지스다.

암이 온몸에 퍼져 '먼지가 되어' 사라진 한 여인은 항상 두려움을 안고 살다 죽었다. 암이 그녀를 삼켜버렸다. 그녀는 김광석의 <먼지가 되어>라는 노래를 좋아했다. 그녀는 살아있는 동안 매일 화장하고 매일 아름다운 옷으로 갈아입었다. 그리고 죽어서는 큰 나무 아래에 먼지가 되어 묻혔다. 우리는 갠지스의 전망이 항상 펼쳐지는 저택의 방에서 며칠을 머무르며 강의 가트(제방의 계단)를 걷곤 했다.

또 한 여인은 사랑이 씻겨나가자 몸도 떨어져 나갔다. 나는 그녀에게 히말라야와 인도의 신들과 적도의 아름다운 모래사장을 가진 푸른 해변을 보여 주었다. 그녀와 동남 그리고 서남아시아를 6개월 동안 여행했다. 그녀는 우리의 사랑에 대한 나의 예언들이 맞아 들어간 것이 견딜 수 없이 싫다는 말을 마지막으로 헤어졌다. "사랑은 강하게 다가와 흔적 없이 사라질 것이다."라고 그녀를 만난

지 얼마 되지 않을 때 내가 이야기했다고 그녀가 말해 주었다.

강은 많은 사람의 죄와 업을 씻어 주었지만, 많은 사람의 추억은 퇴적했다. 추억들은 진득한 퇴적물이 되어 스멀스멀 강 위로 피어올랐다. 계곡 옆에서 야영할 때 들은 이야기가 생각났다. 낮에 물가에서 나눈 대화들이 물에 녹아 있다가 고요하고 적막한 밤, 사람들의 대화들이 물가에 되살아난다고 했다. 잠들지 못한 텐트 속에서 나지막한 사람들의 대화가 들려오는 것 같았다. 갠지스가 우리들의 대화를 간직하고 있을지도 몰랐다.

사랑하는 아들과 이 강을 찾은 것은 죄와 업의 세탁도, 추억의 되새김을 위한 것도 아니었다. 아들에게 죽음을 통해서 삶을 이야기하고 싶었다.

## 수행자들

히말라야 고산에서 시작된 차디찬 물은 좁은 강고트리 계곡을 빠르게 흐른다. 힌두교의 성지이자 요가 수행자의 도시인 리시케시를 지나며 많은 수행자와 순례자들의 업(karma)을 씻는다. 인간의 업을 가득 품은 강은 하류로 갈수록 더욱 짙고 무거워지는 합당한 이유가 된다. 강은 다시 갠지스 평원에서 뜨거운 태양에 등짝이 갈라지는 업을 안고 살아가는 농부들이 심은 곡식을 키운다. 그리고 농부들의 업도 씻는다. 곡식은 강물에 실려 온 업을 흠뻑 먹고 자란다. 그렇게 자란 곡식은 사람과 짐승들을 먹여 살린다. 강물이 바라나시에 도착하면 화장된 시체의 재를 몸에 싣는다. 시바신의 벌로 뱀에 물린 자나 영혼의 업을 씻어 줄 가족도 없이 죽어간 사두들의 시체는 재가 되지 못하고 강을 흐른다. 죽어서도 재로 변하지 못한 부패한 육체도 강은 기꺼이 안아주고 있었다.

이렇듯 갠지스는 인간들의 업과 오물을 온몸에 안고 흘러간다. 어쩌면 그래서 강은 신성하다. 신성은 깨끗하고 맑고 투명한 곳에 있지 않다. 죽음과 삶의 오물을 안고 흐르는 혼탁하고 더러운 물에 신성이 존재한다. 신은 인간의 고통을 품을수록 맑아지는 존재이기 때문이다.

바라나시 강가에는 유독 눈에 띄는 사람들이 있다.

얼굴과 온몸을 화장터의 재로 칠한 벌거숭이 수행자들이다. 그들은 일반적으로 길게 엉킨 머리를 머리 위로 높게 말아 올렸다. 완전히 나체로 지내거나 성기와 엉덩이만 오렌지색 룽기로 가렸다. 오렌지색은 힌두를 상징하기도 했다. 이마에는 시바를 상징하는 3개의 수평선을 긋고, 삼지창과 물통인 카만달루를 들었다. 그들은 힌두교 수행자이자 전사인 '나가 사두'였다.

그들이 어떤 사람인지는 알기 힘들다.

밥을 빌어먹는 홈리스, 신비주의 여행자, 금욕주의자, 블랙 매직을 사용하는 마술사, 영적인 사람, 시바의 추종자, 대마에 취한 수행자, 철학자, 수행자 차림의 사기꾼. 바라나시 가트에서 만나는 나가 사두의 모습만으로는 그들을 알 수 없었다.

하지만 진정한 수행자라면 그들은 '하지 않음(non-action)'을 수행한다.

하지 않음을 수행한 사람의 눈은 허공을 바라보는 것처럼 비어있었다. 아마 밖을 바라보는 것이 아니라 안을 바라보고 있을 것이다. 그리고 안에도 비어있음을 알아버린 사람의 눈은 더 이상 바라보지 않았다. 그래서 비어버렸다. 하지 않음은 아무것도 하지 않음이 아니라 자신의 의지대로 하지 않음이고, 의지로 하지 않음은 버린 자아를 뜻했다. 그들의 몸뚱이는 자신의 것이 아니라 시바, 비슈누 또는 다른 신에게 바쳐진 수레였다. 수레는 신이 끄는 대로 움직였다. 신에게 온건히 바쳐져, 자신의 죽음조차 신의 뜻이 되어버린 그들은 위협적인 전사들이었다. 죽음과 삶이 무의미한 전사에게는 두려움이 없었다.

어린 시절 나의 아버지가 뜬금없이 물었다. 산 고기와 죽은 고기의 차이점은 무엇이냐고.

나는 죽은 고기는 물의 흐름에 의해 흘러가고 산 고기는 가고 싶은 곳으로 헤엄쳐 간다고 대답했던 것 같다. 아버지의 눈빛과 흐뭇한 미소를 통해서 나의 답이 아버지가 듣고 싶은 말이었음을 알았다. 그는 인간은 의지를 가지고 삶을 사는 존재임을 말해 주고 싶었을 것이다.

나는 그의 흡족한 눈빛에 뿌듯했고 산 고기가 되어서 열심히 사는 길이 아버지를 기쁘게 하고 또한 바른 삶이라는 확신을 오래도록 가졌었다.

50 중반을 넘어가는 나는 이제 강가(Ganga, 갠지스의 다른 이름)의 나가 사두들의 수행처럼 이제 죽은 고기의 삶을 조금씩 이해한다. 산 고기의 삶은 자아의 만족을 위한 처절한 삶이다. 자아 만족을

위해 나아가는 삶의 곳곳에는 암초가 있었고, 산 고기는 저항하는 존재였다. 저항하는 자에게는 고통도 따라다녔다. 죽은 고기는 저항하지 않는다. 고통이 끝난 상태다. 자아가 떠나간 몸에는 자아를 만족하기 위해서 살아야 하는 처절함이 사라졌다. 자아의 횡포에서 자유로워진 수레였다. 진정한 나가 사두들은 죽은 고기였다. 자아의 영원한 소멸을 위한 큰 의지는 죽은 고기의 크고 위대한 마지막 항해일 것이다.

## 가리키는 손가락을 보고 배우다

아들은 아버지를 관찰한다.

나도 그랬고, 이제 나의 아들도 그렇다는 것을 안다. 아들은 줄곧 나를 지켜보고 있었다.

여행 내내 우리는 24시간 내내 같이 시간을 보냈다. 내 곁에 앉고, 서고, 걷고, 누운 아들은 내가 그를 관찰하고 살피듯이, 나를 바라보고 있었다.

툭툭 기사들과 흥정을 한다. 거리의 여리꾼들과 말다툼을 벌이고, 빗속에 생소한 거리를 걸으며 값싼 게스트하우스를 찾아 헤맨다. 호기심 많은 인도인들을 일일이 응대하고 또 피하고, 관료적인 인도 관리들과의 태도에 실망하고, 힌두 사두와 인사하고 눈빛을 나눈다.

천천히 걷는 수행자들의 모습을 오래 지켜본다. 오랜 유적에 남아있는 옛이야기와 지나간 사람들의 빈 흔적을 살핀다. 더러운 물웅덩이에서 즐거운 아이들과 마주하고, 오염되어 검고 걸쭉해진 강에 벌거벗은 아이들이 뛰어드는 모습을 보며 생각에 잠긴다. 복잡한 보행로 위에서 잠든 사람들 사이를 조심스레 걷는다. 죽은 것 같은 아이를 안고 우윳값을 달라는 거지들을 거절하고, 제 갈 길은 누가 막아도 가고야 말겠다는 차량들 사이로 길을 위태롭게 걷는다.

모든 것을 아들은 지켜보고 있었다. 이렇게 지켜보는 것이 아들이 아버지를 이해하고 배우는 방법이다. 다행히 아버지의 말과 행동이 일치하면 그나마 이해하기 쉽다. 아버지의 말과 행동이 일치하지 않으면 아들은 혼란스럽다.

아들은 아버지가 가르치는 달보다는 아버지의 손가락을 보고 배웠다.

아들의 문제에 적극적으로 나서는 아버지가 있었다.

아들에게 생긴 여러 가지 크고 작은 문제들에 발 벗고 나서서 문제를 해결하는 데 도움을 주었다. 하지만 아버지의 역할을 열심히 한 그와 아들의 관계는 좋지 않았다.

아버지의 말과 행동이 엇갈려서는 아니었다. 아버지로서의 지원과 노력에는 진정성이 있었다. 하지만 아버지의 사랑은 아들의 문제를 크게 부풀려 보게 했다. 아버지는 정의롭지 않은 문제들에 분노했고 논리에 맞지 않는 일들에 대항해서 아들과 자신을 위해 싸웠다.

아버지라고 해서 세상을 항상 이기는 것은 아니었다. 물론 항상 이기는 것이 옳은 것도 아니지만.

아들은 아버지의 논리와 정의감 그리고 자신을 위한 노력만 지켜보는 것은 아니었다. 아버지의 분노와 불편한 심기의 표현법도 지켜보았다. 거친 표정과 행동도 같이 보았다. 아버지의 화난 말투와 거친 언어도 익혔다. 이렇게 아버지의 목소리, 어투, 손짓, 표정, 기분 상태, 태도 등을 알고 모르는 사이에 자신의 것으로 만들고 있었다.

그리고 아버지와 아들의 사이는 크고 작은 차이를 다름이 아니라 문제로 만들어내었다.

아들이 자라며 그의 자아는 스스로의 논리와 정의를 세우기 시작했다. 그렇게 자라난 자아가 아버지와 화합하지 못하거나, 갈등이 생길 때는 그는 아버지에게 배운 방법들을 사용했다. 그리고 동시에 그렇게 행동하는 자신을 미워했다.

아들이 배운 것들은 아버지가 아들을 돕기 위해 지극한 사랑을 통해서 보여 준 모습들이었지만, 상대를 상처 내는 무기가 되고 있었다. 아버지와 아들은 많이 닮아 있었지만, 서로를 좋아하지 않았다.

## 가난

곳곳에 구멍 난 속옷과 양말을 배낭에서 꺼내는 가한을 보았다. 멀쩡한 것이 없었다. 마음이 아팠다. 대학을 다니면서 집으로부터 독립한 아이의 삶은 가난했다.

프랑스 대학 학비가 무료에 가깝다는 것이 위안이 되었지만, 그의 벌이는 생계비로는 너무 초라했다. 방은 아주 작았고, 겨울이면 머리에 스키 모자를 쓰고 두꺼운 외투를 입은 채 추위를 견뎌야 한다고 했다. 식사를 하려면 책상을 치워야 했다. 책상은 곧 식탁이기도 했다.

속옷이 너무 낡지 않았냐고 물었다. 그는 아직 쓸 만하다고 했다.

아들은 여자 친구와 데이트를 할 때면 패스트푸드 식당에서 세트 메뉴(set menu)에 끼워주는 햄버거로 여자 친구와 외식을 한다고 했다. 자취방에서는 주로 샌드위치나 파스타 같은 간편식으로 먹고, 고기가 먹고 싶을 때는 유통기간이 임박해서 싸게 파는 것을 사서 먹는다고 말했다. 아버지와 아들은 서로 가난을 이야기했지만, 불편하거나 우울하지는 않았다. 우리의 가난은 어쩌면 대수롭지 않은 경제 형편의 이야기였다. 끼니를 걱정하고 옷을 헐벗은 인도인의 가난과는 먼 이야기였다. World Bank에 따르면 2011년을 기준으로 약 60%의 사람들이 $3.20 이하의 돈으로 하루를 살아가고 있었다. 하루당 $3.20은 가난을 평가하는 기준치였다. 인도의 가난에 비하자면 우리의 가난은 넋두리에 불과했다. 우리는 굶주리지 않았다.

가한은 물가가 싼 인도에서도 가격을 신중히 비교했다. 베드 버그(bed bug)에 물리는 싸구려 게스트하우스에 묵어도 불평하지 않았다. 온수가 없어도, 깨끗하지 않아도 허름한 400루피짜리 방에 만족했다. 자취방엔 난방이 제대로 되지 않아 추위에 익숙하다는 아들은 인도의 찬물 샤워 정도는 기꺼이 받아들였다. 식당에서도 가격을 비교해서 먹을 것을 정하고, 구멍가게에서는 90루피의 좋아하는 수입 감자칩을 집지 못하고 대신 20루피 인도산 감자칩을 구입했다. 인도의 감자칩은 마살라 향이 진했다.

우리는 불편함과 열악한 환경을 불평하며 놀았다. 불평도 좋은 놀이가 되곤 했다. 가한은 베드 버그(bed bug)에 잔뜩 물린 나에게 인도의 베드 버그는 프랑스식보다는 한식을 좋아한다고 말하며 웃었다. 나는 가한이 버터를 많이 먹어 아마 느끼해서 피한 것이라고 맞받았다. 서로를 놀리는 것도 친근감의 표현이라고 느꼈다.

전기가 끊어져 싼 가격에 묵게 된 게스트하우스에서는 초를 태우며 싸구려 위스키도 한잔했다. 어둠 속에서 보는 창밖 풍경이 더 밝았다. 인도 싸구려 위스키는 과일주스나 콜라를 섞어 보아도 여전히 지독한 맛이었다. 그래도 대학의 파티에서 마시는 술에 비하면 마실 만하다는 것이 가한의 주장이긴 했다. 프랑스의 의대생들은 학업 스트레스를 핑계로 술을 많이 마신다고 했다. 물론 핑계가 아닐 수도 있었지만. 가한이 스마트폰에서 보여 주는 파티 사진들은 만취한 젊은 아이들이 고주망태가 된 모습들을 담고 있었다. 파티 신발이 따로 있다고 했다. 무슨 말인지 이해가 되지 않아 되물었다. 파티에서 술을 얼마나 마셔대는지, 파티장의 바닥에 소변을 보는 것은 예사이고 토사물이 곳곳에 깔려, 낡고 허름한 신발을 신고 파티에 간다고 했다. 어떤 아이들은 아예 방수 장화를 신고 온다고도 말해 주었다. 사실 프랑스 의대생의 파티 일화는 광란에 가까운 것이었다.

인도에는 두 종류의 술꾼이 있었다.

한 종류는 쌀이나 야자즙으로 만든 아라크주 또는 밀주를 마시는 가난하고 낮은 카스트의 술꾼이다. 그리고 위스키, 진, 럼, 맥주 같은 영국 식민지의 유산인 잉글리시 위스키를 마시는 술꾼들은 부유하거나 높은 카스트의 사람들이었다. 힌두, 무슬림, 자이나교, 시크 그리고 불교까지 모두 술을 금하는 종교지만, 현실의 무게를 감당하기에는 신들보다 알코올이 빠르고 효과적이었다. 신들로 가득 찬 인도에도 술꾼들은 도처에 있었다. 많은 종교의 평안과 행복은 너무도 먼 미래에 약속되어 있었다. 그리고 미래의 약속은 진실한 믿음과 실천이 행해졌을 때만 보장받을 수 있었다. 미래의 약속은 달콤했지만, 견뎌내야 할 현실은 자주 가혹하고 힘든 실천을 요구했다.

가난은 대물림한다고들 말한다.

나는 아이가 가난을 고스란히 대물림하지는 않으리라 생각했다. 하지만 가난에 대한 태도와 정서는 대물림하고 있음을 발견했다. 그는 항상 저렴한 서비스와 물건에 만족했고 무리해서 더 이상 구하려 하지 않았다. 아들의 가난이 마음에 걸리긴 했지만, 그의 태도와 정서는 마음에 들었다. 의대를 졸업하면 사정이 나아지겠지만, 가난한 태도를 지키는 것은 나쁘지 않을 것이라 생각했다. 가난은 자주 기회를 제한해서 욕망을 제어했다. 화려한 시장의 간판과 광고의 유혹에 굳이 눈이 가지 않아도 되었다. 제어된 욕망과 허용된 환경에 순응하여 살게 해 주었다. 가난은 인생을 단순하게 하는 데 도움을 주었다.

힌두교와 불교 수행자들에게 걸식은 수행의 하나였다.

걸식은 남을 업신여기는 마음(我慢)을 없애고, 보시자에게 선업을 짓는 기회를 준다고 했다. 또 걸식은 결국 수행자의 세속적 욕망을 미리 차단해 몸과 마음을 바르게 하도록 하는 기초 수행이었다. 아마 자아의 비대한 성장을 막아주는 데도 도움을 주었을 것이다. 여신 칼리처럼 지혜의 칼로 자아의 머리를 잘라서 한 손으로 들지는 못했지만, 최소한 비대한 자아의 다이어트를 시켜주는 것은 가난의 효과였다.

가게에서 10루피 가루비누를 사 왔다. 구멍가게 입구에 비닐에 소포장된 가루비누가 '줄줄이 사탕'처럼 길게 내려 걸려있었다. 그의 속옷과 땀에 찌든 옷들을 빨았다. 마음속으로 그의 다음 생일에는 새 양말과 속옷을 부쳐 주어야겠다는 생각을 했다. 가난한 아빠의 카르마를 불평 없이 받아들이는 아들이 짠하기도 하고 고마웠다. 아들은 가난과 잘 사귀고 있었다.

> "세상은 인간의 필요를 채워주기에는 충분하지만, 욕심을 충족시켜주기에는 충분하지 않다."
>
> -『우파니샤드』

## 화장터

갠지스강과 3000년 역사를 가진 도시, 바라나시의 골목길을 걸었다.

길은 두 사람이 엇갈려 지나갈 정도로 좁았다. 변색된 과거의 흔적들이 거리의 단편마다 스멀거리고 있었다. 쓰레기를 먹고 살아가는 병든 소를 피하고, 여기저기 포진한 질펀한 똥을 밟지 않기 위해 조심스럽게 걸어야 했다. 우리는 똥을 지뢰라고 불렀다. 사내들이 씹다 뱉은 판(paan, 씹는 담배의 일종)이 흔들리는 보도블록을 붉게 물들이고 있었다. 사내들의 잇몸과 이빨은 이미 더 붉게 물들어 있었다. 길은 소들과 나누기에는 너무 좁았다. 한 손으로 소를 밀어내고 공간을 겨우 만들어서 빠져나갔다. 바닥은 자연석을 깎아 만든 보도블록이 흙을 어렵게 누르고 있었다. 수천 년을 밟혀온 보도블록은 이젠 모진 곳이 없었다.

통행이 빈번한 길가 상가 1층은 가게들이 자리 잡았다. 전통 복장, 사리와 천을 파는 옷가게, 그리고 액세서리 가게는 각종 뱅글(Bangle, 여성용 느슨한 팔찌)로 가득하다. 작은 카페와 식당이 자리 잡은 거리는 마살라 향이 채웠다. 잡화점, 여행사, 시타르(인도 전통

현악기)와 드럼 소리가 울려 나오는 전통 악기 가게, 판(paan) 노점도 이곳에 자리를 잡았다. 판은 아레카넛 조각에 장미수, 각종 향신료와 흰색 사프란을 넣어 빈랑 잎에 싸서 피는 일종의 씹는 담배다. 판에는 자주 향정신성 약재가 들어갔다. 그리고도 약간의 빈틈이 있으면 여지없이 힌두의 신들이 자리 잡고 있었다. 시바의 링감(lingam)이 그의 처(shakti)를 상징하는 요니(yoni) 위에 자리 잡았다. 링감과 요니의 주변에는 아침에 바쳐진 꽃과 각종 곡식 그리고 오렌지색 염료들이 칠해져 있었다.

가게들의 문틀 위쪽에는 건조된 빨간 고추가 연결된 줄이 쳐져 있고, 가게 안에는 주로 가네시(ganesh)가 모셔져 있다. 시바의 아들 가네시는 코끼리 머리를 가진 지혜의 신이자 재운을 가져다주는 신이기도 했다. 빈 벽을 신들의 형상과 꽃 그리고 각종 힌두 문양들이 메꾸고 있었다. 문양들은 세월에 시달렸지만, 여전히 아름다웠다.

밤새 싸우고 짖어대던 개들은 낮에는 생기가 없다. 갈비뼈가 도드라지고 털이 군데군데 빠진 더러운 개들은 바라나시의 곳곳에서 잠들어 있었다. 그들은 쓰레기와 화장터에서 먹이를 찾았다. 물론 타다 남은 시체를 먹는 것은 이상한 일이 아니었다. 아고리(agori) 사두들처럼 먹이를 찾아 헤매는 소에게서는 병든 냄새가 났다. 사악해진 바라나시의 말썽꾸러기 원숭이들의 눈은 사람의 눈빛을 닮아가고 있었다. 우리를 닮은 동물의 눈에서 사람의 눈빛을 본다는 것은 섬뜩한 느낌을 주었다. 그들은 건물 옥상을 넘어 다니며 음식을 훔치기도 하고 건조대의 빨래를 가지고 놀기도 했다. 내가 경악한 것은 그들이 옥상 물탱크를 드나드는 모습이었다. 사람들이 마시는 물 저장소를 수영장쯤으로 생각하는 듯했다.

사실 딱히 어디 가고자 함은 아니었다. 미로를 걷다 막다른 길을 만나면 되돌아 나오고, 골목을 돌아 나오는 갈림길에서는 흥미로운 것이 눈에 띄는 방향으로 걸었다. 바라나시는 어디를 걷든지 이국적이고 흥미로운 곳이었다. 때로는 전혀 다른 세상 또는 세상의 다른 시간대를 여행하는 몽환적 느낌이 나를 감싸기도 했다.

그렇게 걷고 또 강가의 가트에 앉고를 거듭하다가 도착한 곳은 바라나시의 두 번째 화장터, 하리쉬찬드라 가트였다. 가트로 가는 길에는 화장에 쓰일 화목들이 거리의 양쪽에 아무렇게나 배열되어 있었다. 오렌지, 흰색 또는 금색의 천으로 싸인 주검들이 대나무 상여에 실려 그 길을 지나 가트를 향하고 있었다. 인도의 상여는 횡으로 놓인 두 개의 굵은 대나무 사이를 여러 개의 작은 대나무로 가로질러 연결해서 만든 것으로 구급차의 들것과 같은 단순한 구조로 만들어져 있었다. 상여를 탄 주검의 행렬은 끝날 줄 몰랐다. 주검은 인도의 각지에서 모여든 것이었다. 상여꾼들은 육신을 떠난 영혼의 죄와 업을 씻어줄 신들의 이름을 크게 암송하며 화장터로 향하고 있었다.

"람 남 샤트야 하인(Ram Naam Sathya Hain)."

가트에는 인간을 나누는 두 종류 중에서 남성만이 보인다. 눈물을 흘리고 죽음을 울음으로 슬퍼하는 다른 한 종류, 여성은 화장터에 초대되지 않는다고 했다. 남성의 슬픔은 억누름으로 표현되었다. 나는 인간을 단 두 종류로 나누는 생각에 동의할 수 없었다.

유족들은 연기에 휩싸인 채 화염 속에서 얼핏 얼핏 드러나며 불타는 육체를 아쉽게 바라보고 있었다. 육체가 불타며 내는 연기와 냄새는 짐승의 똥과 사람의 소변 냄새와 진하게 섞여 질펀한 거리를 채웠다. 연기는 젖은 바람을 타고 무겁게 흐르다가 도시의 하늘에 엉기고 있었다. 몬순의 비도 마지막으로 사라져 가는 육체를 태우는 불을 차마 끄지 못했다. 오염된 갠지스는 그 옆을 무심하게 흘렀다. 가한도, 나도 그저 말없이 지켜만 볼 뿐이었다.

우리는 가트 위의 작은 사원에서 화장터를 내려다보았다. 주검이 불 속에서 이글거리고 있었다. 장작불에서 가끔 하늘로 불꽃이 터져 올랐다가 이내 스러져 내렸다. 불꽃 사이로 영혼이 빠져나가는 모습은 볼 수 없었다. 어쩌면 영혼은 육체에서 빠져나와 다른 세상으로 가는 것이 아니라, 육체의 현상으로 태어나 육체와 같이 불타

버리는 것일 수도 있었다. 물론 힌두 교인들은 동의하지 않을 것이다. 하지만 그들 또한 떠나가는 영혼을 보지 못하는 것 같았다.

불타는 사람의 얼굴에 표정이 없다는 것은 다행스러웠다. 주검의 눈을 감겨주는 이유를 알 것 같았다. 불타는 주검의 눈을 마주치는 일은 피하는 것이 옳은 것이라고 생각했다. 눈을 감기는 것은 죽은 사람이 아니라 산 사람을 위한 배려일 수도 있다는 생각이 내 머릿속을 지나갔다. 죽음의 마지막 과정을 지키는 유족의 얼굴에는 다양한 표정들이 지나갔지만, 죽은 자에게서는 아무런 고통의 신호를 읽을 수 없었다. 얼굴의 반대쪽에는 죽은 사내의 10개의 발가락과 가지런한 두 발이 장작 밖으로 모습을 내밀고 있었다. 몸에 생명이 빠져나갔다는 것이 다시 다행스러운 일이라고 생각했다. 강렬한 불은 곧 그의 두개골을 부숴버릴 것이었다. 힌두의 영혼은 그 틈으로 빠져나가게 되어 있었다. 만약 두개골이 열리지 않는다면 장남이 몽둥이로 두개골을 부숴서 영혼의 문을 열어줄 것이다. 그렇게 인도인들은 불 위에서 한 줌의 재가 되어 형체와 무게와 인연을 지워 갔다. 영혼이 갠지스강 강물에 카르마를 씻고, 죄업이 사라진 몸을 떠나 저승으로 간다는 것은 힌두인에게는 인생의 마지막에서 반드시 만나야 할 귀중한 과정이었다.

프랑스인이 되어 사는 아들과 함께 관념적 죽음과 세상을 떠도는 아빠가 언젠가 맞이할 실제적 죽음에 대하여 말하고 싶었다.

죽음은 모든 인간에게 예외 없이 다가올 유일하게 확인되는 절대적 진리라고 나는 생각하고 있었다. 모종의 계획이었지만, 우리는 말을 잃고 있었다.

표정 없는 주검에 비해서 자신을 태우는 화목(火木)은 너무나 강렬하게 살아있었다. 불을 바라보며 생각한다는 것은 가능하지 않았다. 불은 생각마저도 빨아들여서 태워버리는 힘이 있었다. 눈동자가 강렬한 열기에 마르고 있음을 느꼈다. 아들의 표정은 변화가 없었다. 그는 올라오는 열기와 연기를 가끔 몸을 돌려서 피하고 있었다.

그리고 다시 길을 걸었다. 한 식당에서 장작 냄새와 함께 탄두리(인도식 진흙화로) 치킨 냄새가 났다. 그리고 우리 둘은 탄두리 치킨을 먹는 데 동의했다. 먹는 동안 우리는 불타는 시체에 대해서 말하지 않았다. 말없이 먹었다. 장작 위의 인간의 주검과 장작 위의 닭의 주검은 다른 것이었다. 그래야 했다.

## 차이 가게에서

돌아오는 길에 차이 가게에도 들렀다. 뱃사공 카스트 집안의 아들이 운영하는 사랑방 같은 곳이었다. 사랑방은 젊은 한국 배낭여행자들이 자주 들려서 쉬어 갔다. 한국 여행자와 뱃사공 아들 사이에는 어떤 특별함이 있었다. 뱃사공 아들들은 자신들을 철수와 만수라는 이름으로 소개했다. 그들의 한국말 또한 유창했다. 찻집에선 나누고 싶던 죽음의 이야기가 아니라 연애 이야기를 했다. 왜 연애 이야기가 나온 건인지는 알 수 없었다. 예상치 않은 대화가 계획했던 대화의 주제를 밀어내고 끼어드는 것은 낯선 일이 아니었다. 아마 그런 일을 자연스럽게 받아들이는 것은 삶을 적당한 시간을 살아온 사람의 적절한 태도일 것이다.

아들은 프랑스 여자아이들의 관심을 많이 받았다고 했다. 그의 이국적인 외모와 친절하고 따뜻한 눈빛이 만든 결과일 거라고 나는 속으로 생각했다. 프랑스 젊은 아이들 사이에서 한국의 음악과 문화에 대한 관심이 높다고 아들이 덧붙였다. 특히 프랑스의 10대 소녀들은 한국인 남자친구를 가지고 싶어 한다고 해 나를 놀라게도 했다.

그에게 어떤 스타일의 여자를 좋아하냐고 물었다. 그는 웨이브하고 풍부한 긴 머릿결을 가진 여자가 좋다고 말해 주었다. 또한, 귀엽고 친절하며 자신보다 키가 작은 여자가 좋다고 했다. 마른 몸매보다는 통통한 편이 좋고, 화장의 여부나 피부색과는 상관없이 스스로에게 잘 어울리는 얼굴이 좋다고 했다.

아들이 아빠는 어떤 스타일의 여자가 좋으냐고 되물었다.

나는 금주, 금연, 금녀라고 단호하게 웃으면서 말해 주었다. 나의 여성상을 아들에게 말하는 것이 거북하게 느껴졌다. 사실 나의 여성 취향이 모호하기도 했다. 그래서 질문의 방향을 다시 아들에게로 바꿨다. 아들은 더 이상 묻지 않았다.

그는 표현에 익숙한 편이 아니라서 자기가 구애하기보다는, 적극적인 서양 여자아이들에게서 연애 제의를 받는 경우가 대부분이었다고 이야기해 주었다. 그리고 제의에 대한 거절은 항상 어렵게 느껴진다고 말했다. 그가 "No."라고 말하는 것에 익숙하지 않음을 여행 내내 지켜볼 수 있었다. 그것은 약삭빠른 상인과의 대화에서도 그랬고, 길가의 거지에게도, 사소한 호객에도 그랬다. 아이는 항상 자리를 피하는 방법을 택했다.

아들이지만 가한은 여러모로 프랑스인이었다. 그는 연애담과 일어나는 감정을 아빠에게 자연스럽게 이야기했다. 그는 연애담을 털어놓지 않았다. 그냥 이야기해 주었다. 털어놓는 것은 망설임 후에 생기는 일이었다. 사실 이야기의 디테일을 조절하는 것은 내 쪽이었다. 나의 문화는 아들 연애의 디테일을 자연스럽게 듣기에는 익숙하지 않았다.

아들은 아마 그의 친구에게도 나에게 말하듯이 할 것 같다는 생각을 했다. 자신의 사랑과 연애를 부모와 나누는 것을 거북하게 느끼게 만드는 문화가 없었기 때문일 거라고 추측했다. 나는 부모님께 한 번도 나의 사랑 이야기를 들려드린 적이 없었다. 부모님도 묻지 않았다.

프랑스의 부모는 달랐다. 가한의 엄마, 마리는 딸아이 가뉘가 고등학생이 되어서도 남자친구가 없었음을 걱정했다. 고등학생의 나이가 되면 남녀 친구가 잠자리를 하는 것이 당연했고 또한 그렇게 하는 것이 건강하다고 믿고 있었다. 가한은 고등학교 2학년 여름에 자기의 여자 친구와 여름방학 동안 한국으로 놀러 오고 싶어 했다. 하지만 나는 그에게 우리나라의 문화와 관습을 설명하며 그의 계획을 좌절시켜야 했다. 그의 조부모와 만나게 될 친척들을 당황스럽게 만들고 싶지 않았기 때문이었다.

나는 사랑과 성(性)에 대해서 스스로 또는 또래의 미성숙한 조언으로 배워야 했다. 가끔 훔쳐보는 성인 소설이나 외국 잡지에서도 배웠다. 하지만 자녀 교육에 열성적이었던 나의 부모님들은 인생에서 소중한 사랑과 성에 대해서는 침묵했다.

인생에서 많은 것은 가정에서, 학교에서, 사회에서 가르치고 또 배우지만, 인간 삶에서 너무도 중요한 '성'은 아무도 책임 있게 가르치지 않는다. 그래서 스스로 배워야 했다. 스스로 배우는 '성'은 왜곡되고 무지하기 쉬웠다.

홍미로운 그의 연애 이야기를 경청해서 들었다. 하지만 한계는 거기까지였다. 하지 말자고 결심했던 '조언'을 나의 과거 경험에 비추어 하고 말았다. 조언은 듣기에 따라 참견이고 또 잔소리였다. 친구처럼 이야기를 나누겠다는 은연중에 성립된 상호 간의 계약에서 조언을 한다는 것은 계약 위반이었다.

의사라는 직업은 능력 있고, 똑똑한 두뇌의 소유자로 여겨져 여자의 잦은 유혹을 받게 될 것이며, 유혹은 덫과 같아서 적절히 거절하는 방법을 모르면 인생을 망친다는 식의 신파적 조언이었다. 나는 프랑스의 사랑과 연애를 어설프게 알고 있었다. 계약 위반에 아들은 짜증을 내지 않았지만, 나의 어설픈 조언에서 아빠의 어설픈 연애 경험을 추측해내고 있을지도 몰랐다.

개인적 경험을 아들의 전혀 다른 문화와 환경에 대입해서 던져버린 조언이 곧 나를 부끄럽게 했다. 이것은 계획한 것이 아니었다. 미리 준비한 죽음에 대한 이야기를 했어야 했다.

"말이 침묵보다 아름다울 자신이 없으면 내뱉지 마라."

- 이슬람 격언

그가 중학교를 마치고 고등학교에 막 진학했을 무렵, 그의 누나인 딸아이, 가뉘로부터 연락이 왔다. 공부는 뒷전이고 여자아이들을 만나는 일에 열중하는 남동생을 걱정하는 내용이었다. 그리고 가한에게 따끔한 충고가 필요할 것이라고 첨부했다. 하지만 나는 아들에게 여자애들에게 열중하지 말고 공부하라는 조언을 하지 못했다. 대신 아들에게 이왕 여자에 대해서 배우고 싶다면 열심히 따라다녀 보라고 말해 주었다. 세상의 절반을 차지하는 여자를 잘 아는 일은 인생을 잘 살아가는 데 많은 도움이 될 거라는 말도 보탰다. 세상에서 처음으로 열정을 가지고 하는 일에 제동을 걸고 싶지 않았다. 스스로 시작한 일을 진행하고 결과를 도출해 보는 값진 과정을 도중에 끊어버리고 싶지 않았기도 했다.

시간이 지나고, 아이들 엄마가 가한이 학교생활을 잘하고 있다는 소식을 전해 주었다. 나중에 다시 만났을 때, 가한은 여자를 열심히 연구한 결과, 여자들은 공부 잘하고 능력 있는 남자를 좋아한다는 것을 배웠다고 말해 주었다. 그때의 나의 조언은 나름대로 나쁘지 않았다고 스스로 기특하게 생각했지만, 오늘의 조언은 하지 말아야 했다.

# 하누만의 선물

산카트 모찬 사원을 찾았다. 사원은 하누만 신을 모시는 사원이다. 자신들과 닮은 신을 모시는 사원에는 원숭이가 많았다. 그래서 원숭이를 구경하기에 좋은 곳이기도 했다. 사실 그들이 신으로 숭배받는 것을 즐기는지, 이곳에서 사람들이 특별히 자신들에게 친절하다고 느껴서 모여든 것인지는 확실치 않다. 어떤 쪽이든 원숭이들은 종교가 없는 게 확실해 보였다. 그들은 참배보다는 단순히 먹고 놀았다. 원숭이들은 먹고 노는 일에 열중하고 있었다. 걱정과 문제가 닥치기 전까지는 평온한 순간들을 제대로 즐기는 듯했다. 생길 수도, 또는 생기지 않을 수도 있는 걱정과 문제를 미리 소환해서 걱정하는 사람들에 비해 나쁠 것이 없다고 생각했다.

지혜로운 사람이란 뜻을 가진 호모 사피엔스는 생각하는 힘을 가져 먹이 사슬의 최상위에 올랐지만, 끊임없이 일어나는 생각은 사람의 마음속에 끊임없는 불안 또한 만들어내었다.

하누만은 힌두의 대서사시 『라마야나』에서 라마를 도와서 그의 왕국과 납치된 아내, 시바를 되찾는 데 공헌한 원숭이 신이다. 서

사시에서 그는 산을 옮길 만큼 힘이 세며 충직한 조력자로 그려진다. 그는 헌신과 힘의 상징이 되었다. 라마와 시바의 모습을 가슴에 간직한 채 심장을 열어 보이는 동상으로, 또는 라마의 영생을 위해서 자신의 온몸에 기름과 진홍색을 바른 모습으로 인도 어디서나 쉽게 만날 수 있고 많은 사람의 사랑을 받는 신이기도 하다. 누군가는 하누만이 우리에게 너무도 익숙한 손오공의 원형일 거라고 추측했다.

산카트 모찬 사원 출입은 사뭇 삼엄했다. 사원 출입을 위해서는 소지품을 맡기고, 경찰들이 지켜보는 가운데 금속 탐지기를 지나야 했다.

그것은 2006년 카슈미르주에서 활동하는 이슬람 무장 단체인 '라스카르-에-토에바(LeT, 순결한 군인들)'의 사원 테러에 의해 10여 명의 사망자가 생긴 이후로 만들어진 조치였다. 삼엄한 입구의 분위기와는 달리 사원에 들어서면 피안에 도달한 듯이 다른 세상이 된다.

피팔 나무 아래 마당에는 배부른 원숭이들이 술래잡기하듯이 도망치고 뒤를 쫓는다. 덩치 큰 원숭이는 털을 고르고 몸에 붙은 이를 잡아 주는 다른 원숭이에게 몸을 맡기고 늘어져 있다.

대리석 바닥에는 세속의 더러움으로 여겨지는 버림받은 샌들과 신발들이 참배하는 주인이 돌아오기를 기다리고 있었다. 사원은 맨발의 출입만 허용되었다. 강한 인도 향들이 공기를 두껍게 싸고 흘렀다. 꺼지지 않는 기름등이 천정을 검불로 칠하며 타고 있었다. 기름등이 꺼지지 않는 방법은 간단하다. 불이 꺼질 일을 막을 사람들이 끊임없이 찾아오고 정성스럽게 기름을 보충해 주는 것으로 충분하다. 신에게는 매일 새로운 각종 곡식, 과일, 꽃이 바쳐지고 있다. 사원은 항상 순례자의 발걸음으로 채워졌다.

사원의 다른 한쪽에는 라마와 하누만을 찬송하는 한 무리의 사내들이 있었다.

한 명의 사제가 앞쪽에 앉고, 다른 사내는 그의 옆에서 작은 건반 악기를 연주했다. 또 다른 두 사내는 캐스터네츠, 그리고 드럼을 연주하고 나머지 한 사람은 노래했다. 그들 앞으로 앉은 다수의 중년 사내들은 무한 반복되는 찬송을 손뼉으로, 합창으로 노래하고 있었다. 비슷한 리듬으로 때로는 높게 때로는 빠르게 그리고 때로는 느리고 낮게 "하리 크리슈나."와 "하리 람."을 노래하고 있었다.

노래는 사람들의 몸을 감아 돌았다. 사람들은 가끔 박수를 치거나 몸을 리듬에 맞추어가며 흐름에 몸을 맡겼다. 노래의 호흡이 때로는 빨라지고 때로는 느려지다가 무거워지고 또한 가볍게 부상한다. 사람들이 찬송의 심연으로 빠져들어 갔다. 단순하게 반복되는 것에는 강한 중독성이 있었다.

중년 사내들 사이로 가한과 함께 들어가니, 노래하고 리듬을 맞추던 사내들이 낡은 카펫을 손바닥으로 쓸어 가며 앉을 자리를 내어주었다. 오래된 대리석 바닥 위로 색이 바래고 손때가 묻어 반질반질한 카펫에 앉았다. 그들처럼 반복되는 찬송에 집중했다. 10분… 20분… 30분이 흐르고 어디선가 불어온 백단 향(sandal-tree)과 함께 찬송은 공간을 휘감는다. 연주자들과 주위에서 노래하는 사람들의 몸이 리듬에 맞추어 자연스럽게 흔들리고 자연스럽게 눈이 감기었다. 열린 눈동자도 역시 감긴 눈동자처럼 비어 갔다. 찬송은 나와 가한의 주변도 감싸고 휘돌았다. 낯선 곳에서 낯설게 앉았던 긴장감이 사라지면서 근육들이 중력에 의지해 나지막하게 가라앉았다. 편안해졌다. 몸이 열리자 음악은 몸의 빈 공간을 깊게 파고들었다. 크리슈나와 하누만의 찬송이 대기와 수동적 몸을 가득 채웠다. 몸은 밀도 짙은 공기에 기대어 먼지처럼 가볍게 부상하고 또 가볍게 내려앉았다. 그러자 마음이 곧 지극히 정적이고 차분한 상태에 도달했다.

전두엽이 따뜻해짐을 느꼈다. 전두엽에서 발열하면서 두뇌의 신경전달 세포인 뉴런(neuron)의 막무가내식 발산이 느려졌다. 그냥 받아들이기만 하면 된다. 여기서 생각도, 의지도, 감정도 바람 속의 부드러운 잡초처럼 눕는다. 누군가는 잡초가 눕자 바람이 분다고 했다.

주인이 사라져버린 벌판에는 평화가 찾아오고, 피부의 솜털이 눕고 일어설 정도의 산들바람을 탄다. 한 마리 파리의 비행 소리가 귓가에 들려왔다.

얼마나 시간이 흘렀을까?

감각이 연장되는 영역 속에 가한이 고요히 앉아 찬송의 소리에 집중하고 있음을 알았다. 그 역시 지그시 눈을 감고 '선물'을 즐기고 있었다. 시간이 또 지나갔다. 서로를 마주 보았다. 서로의 눈을 바라보며 미소를 지었다. 나는 그가 '다사나(Darshan)'를 맛보았다는 것을 알 수 있었다. 말이 적고 표현이 담백한 가한은 짧게 "쏘 파워풀(so powerful)."이라고 한참 후에야 나에게 말했다.

'다사나(Darshan)'는 '선물'로 번역해 본다. 산스크리트어의 지켜봄이라는 'Drik'에서 파생된 말로 '봄'과 '만남'을 아우르는 말이다. 존재의 실체를 느끼는 것, 있는 그대로를 만나는 아름다운 진리의 선물 정도로 나는 이해했다.

## 선물의 여운

아씨 가트(바라나시 최남단의 가트, 주변에 장기 여행자들이 많다)에 앉았다.

하누만과 드루가(전쟁의 여신) 사원을 들르고, 서서히 낡아 허물어져 가는 삼천 년 고도에서 방향을 잃고 골목길을 헤매고 나서였다. 우기의 강은 수위가 높았다. 가트의 대부분은 물에 잠겼다. 황토색 물이 빠르게 흘렀다. 한참을 걸었음에도 불구하고 수여받은 집중과 평화의 상태는 여전히 유지되었다. 풀을 잔뜩 베어 먹은 소처럼 우리는 강가에 앉아서 강을 바라보았다. 가끔 피팔 나뭇잎에 머문 빗방울이 일어난 바람에 후드득 떨어졌다. 우리는 선물의 여운을 되새김질하고 있었다.

강 건너편을 바라보았다.

불어난 물에 강으로 나갈 수 없는 나무배들이 서로의 몸을 엮고 가트에 정박해 있었다. 작은 파도에도 작은 나무배들은 과장되게 흔들렸다. 부대끼는 몸에서 오래된 나무 계단의 신음이 났다. 강 건너 죽음의 땅은 보이지 않았다. 높아진 수위가 그 땅 위를 흘렀다. 이전의 여행에서 보았던 강 건너 죽음의 땅은 불운의 땅이었다. 메마른 모래사장은 쓰레기와 화장터에서 타다 남은 화목과 뼛조각들이 흩어져 있고, 머리카락이 흩날렸다. 잘린 머리카락은 삭발로 표현하는 유족들의 슬픔의 흔적이었다.

버림받은 불운한 땅에는 아고리(Agori) 사두들이 머물고 있었다. 모래사장은 사두들에게는 신성한 땅이었다. 아고리 사두는 주로 화장터에 살면서, 죽은 자의 재를 몸에 바르고, 해골로 카파라스로(kapalas)라고 불리는 그릇을 만들어 사용했다. 해골이 그들의 바루(그릇)가 되었다. 그들은 때로는 타다 남은 인육을 먹기도 하고, 자신의 분비물을 받아 마시기도 한다고 알려져 있다. 오염되고 혐오받거나 터부시되는 것을 먹는 것은 그들의 수행법 중 하나로 알려져 있다. 그들의 유별난 수행을 터부(taboo)와 두려움을 극복하려는 노력으로 나는 이해했다. 그들은 죽음의 땅에서 구원받고자 했다.

비 맞은 소들이 쓰레기 더미를 무심하게 뒤진다. 바라나시의 소들의 눈은 순수함도, 두려움도, 욕망도 없었다. 그냥 무심하다. 체념을 삶의 방식으로 택했으리라 짐작했다. 그들의 삶이 간절해 보이지 않는 것은 죽음도 두려운 일이 아니기 때문일 거라고 생각했다. 사람들은 강을 바라보고 있었다. 강을 보고 앉은 사람들은 무료해 보였지만, 흐르는 강은 아무리 보아도 무료하지 않았다. 단순하고 반복적인 움직임은 질리지 않았다.

때로는 의식이 흐트러지고 잡념으로 바뀌었다. 그러다 흐르는 물에 잡념이 사라지며 의식도 사라졌다. 시간이 사라졌다. 강은 멈추지 않을 것 같아서 영원했다. 영원한 것은 시간과 무관했다. 강은 위에서 아래라는 엄격한 규칙에 의해 단순하게 흘렀다. 흐르는 강을 바라보는 행위는 번잡한 마음을 씻어 주었다.

한 무리 아이들이 나타났다. 어디선가 주운 모기장으로 강변을 훑어 고기를 잡는다. 잡히는 고기야 엄지손가락만 한 작은 고기지만, 생산이 아니라 놀이였기에 상관없었다. 생산은 결과를 중요시했지만, 놀이는 과정을 즐기는 행위였다. 아이들은 잡힌 고기보다 훨씬 크게 웃었다.

사두들의 이야기를 듣고자 했다. 가트를 걸었다.

눈빛이 적절한 사두를 찾기 위해 분별력을 발휘하자 그들이 현자인지, 거지인지, 사기꾼인지, 철학자인지, 수행자인지, 마법사인지 알 길이 없었다. 분별하고자 하니 눈이 어두워졌다. 차라리 무심하고 무관심하게 바라보았을 때 눈을 만났음을 기억했다.

합장하여 인사하거나, 때로는 그들의 발을 만져서 몸을 낮추었다. 그들이 어떤 존재이든 몸을 낮추어 대하는 것은 좋았다. 그것은 나의 무게를 낮추는 일이었기 때문이었을 것이다.

그들은 버린 자들이다.

가족도, 재산도, 그리고 삶에서 우리가 얻고자 아등바등하는 모든 것을 버린 자들이다. 버린 자와 가지려고 사는 사람들 사이에는 무게 차이가 크다. 버려보지 않은 자는 가지려고 하는 것들의 무게를 알기 힘들다.

삶이 곧 경쟁이고, 경쟁에서 이기도록 준비하게 만드는 프랑스의 교육을 받은 가한에게는 그들이 어떤 모습으로 다가올지 굳이 물어볼 필요는 없었다. 지금은 답을 얻는 과정이 아니라 지켜보는 과정에 있기 때문이다.

## 대마

가한 또래의 한국 청년들을 만났다.

내가 그들과 몇 마디 대화를 나누는 동안 말을 이해하지 못하는 가한은 옆에 조용히 앉아 있었다. 이해하지 못하는 언어는 소음에 가까울 수 있다. 다행히 사람은 말 이외에도 몸이나 표정으로도 의사를 전달한다. 아들은 우리의 대화를 읽고 또 짐작하고 있었다. 귀에 집중하면 모르는 언어의 대화를 알기는 힘들지만, 눈으로 들으면 도움이 되곤 했다.

방라시(Bang lassi, 향정신성 식물인 대마를 갈아 넣은 인도식 요구르트)를 마시며 "이거 안 드셔 보셨죠?"라고 물어본다. 중년의 한국 아저씨 앞에서 향정신성 음료를 복용하는 게 꺼림직했을 것이다. 그래도 프랑스인 아들과 여행하는 여행자 풍의 중년이라 그런지 많이 조심스러워하지는 않았다. 인도에는 대마가 곳곳에서 잡초처럼 자란다. 그래서인지 대마를 이용한 마리화나나 해시시(hashish)를 쉽게 만날 수 있다. 많은 서양 아이가 자연스럽게 약물을 복용하고 느슨한 휴가를 보내는 모습을 흔하게 만났다. 그리고 약물로 돈을 벌기 위한 마약 판매상들의 권유는 집요했다. 나와 아들은 하루에도 몇 번씩 만나는 판매상들에게 넌더리가 나고 있었다. 짜증스러운 목소리로 거절하게 될 정도로 유혹은 집요하고 흔했지만, 그들에게는 생계의 수단이었다.

마약의 세계는 한국의 아이들에게는 생소한 것이다. 하지만 불과 몇 시간의 비행이 끝나면, 전혀 다른 세상에 와 있음을 느끼게 된다. 한국 내의 약물에 대한 일반적 믿음과 거부감에 비해 인도에서의 약물의 사용은 문화화되어 있어 혼란스러울 수 있었다. 약물을 대하는 견해의 차이도 크다. 인도에서 대마는 문화적·종교적 배경을 가지고 있어 한국의 마약에 대한 이해와 접근과는 많이 달랐다.

인도에서는 술을 접하는 것보다 마약을 접하는 것이 훨씬 쉽다. 호기심으로 약을 시도해 보는 한국의 배낭여행자들이 많음도 익히 알고 있었다. 가한에게도 아이들이 방라시를 권해 봤지만, 가한은 거절했다. 아마 나와 함께해서 그럴 수도 있고, 의학을 공부하는 아들은 학교에서 부정적 교육을 받았을 수도 있었다. 가한은 프랑스 아이지만, 파리 근교의 작은 시골 도시에서 자란 아이였다.

아이들에게 말해 주고 싶은 것들이 머릿속에서 꿈틀댔지만 그만두었다. 안전한 관계 형성 이전에는 그 어떤 조언도 도움이 되지 않았다. 나는 그들을 알지 못했다.

인도 여행 문화를 알기 위해서라면 유럽과 일본의 여행자들이 열광했던 거리의 사두들과 히피 문화를 이해해야 할 필요가 있다. 물질 사회에 지치고 환멸을 느낀 서양의 히피들은 수행자들의 자유롭고 걸림 없는 삶과 마음의 평화와 행복을 경험하기를 원했다. 많은 서양의 히피가 리시케시나 고아 같은 도시로 몰려들어 왔다. 하지만 칠럼(chillum, 사두들이 피우는 담배 파이프로 대마를 넣어서 피운다. 사두의 사용은 인도법에 저촉되지 않는다)을 피우고 명상하는 사두와 무소유와 자아의 버림을 통해 행복과 자유를 추구하는 수행자를 흉내 낼 수는 있었지만, 진정으로 이해하는 것은 쉬운 일이 아니었다. 정신적 또는 종교적 수행으로 자유와 행복을 구하기에는 그들은 너무도 조급했다. 그들은 대신 향정신성 물질이나 술로 조급하고 지친 마음을 달랬다. 히피 운동은 그렇게 술과 마약으로 허물어져 갔다.

그들을 그리워하는 일부 여행자들은 그들을 흉내 내거나 약물로 취한 정신을 통해 짧고 불안한 자유와 평화를 맛보며 인도를 떠돌고 있었다. 수행자나 히피는 인도 여행자의 낭만적인 모델(model)이 되고 있었다.

나는 호기심 많은 젊은이들에게 마음속으로 되뇌었다. 『우파니샤드』나 『바가바드기타』(힌두 철학서 또는 경전) 같은 책을 읽어 보는 것이 칠럼을 피우는 것보다 훨씬 그들의 세상을 잘 이해하는 방법일 거라고. 물론 책으로 배우는 철학과 신성은 메마르고 차가울 수 있다. 칠럼을 피우고 영원한 명상에 들어간 '시바'신의 깊고 명징

한 상태를 경험하기 위해서 직접적이고 경험적인 체험이 진실할 수도 있지만, 그 길도 쉬운 길이 아닐 뿐만 아니라 많은 함정을 가지고 있다.

함정은 약물의 영향으로 인지되는 왜곡된 세상의 이미지와 실상 사이의 혼란스러운 간극이 될 것이다. 약물에 의한 허구적인 자유나 초월의 느낌 그리고 쾌락의 화학적 한계는 약효가 사라지는 순간부터 부딪히게 된다. 마리화나 같은 약품으로 감각을 확대·축소 또는 조율해서 받아들여지는 감각의 세계를 통해서 진실한 자유와 진리를 맞이하는 것은 위험하다. 자아의 허망한 욕망과 감각의 왜곡을 이해하고, 그 빈약함을 보강할 깊은 사유와 부실한 감각과 생각을 통제할 능력이 갖추어진 후에야 칠럼은 신을 맞이할 수단으로 사용되어야 하는 마중물이었다.

## 마음의 의술

아들이 잠들어있다.

아들은 학습의 무게로 항상 잠이 부족하다고 했다. 또한, 자신의 가위눌림은 시험의 중압감과 과로 때문이라고 추론하고 있었다. 아들은 논리적 유추와 이해를 바탕으로 하는 과목이 쉬웠고 암기력 위주의 공부가 힘들다고 보태어 말했다. 상당한 암기력을 요구하는 의대 공부가 그에게 힘들게 다가온 것 같았다. 라틴어에 기원을 둔 생소한 신체 각부의 명칭과 용어를 암기하는 것은 그에게 상당한 스트레스 요인이었다.

인간 신체의 해부는 특별한 경험이 되었다고 말해 주었다.

머리가 제거된 채 해부실에 누운 사람의 시체를 가르고 신체 장기들을 공부하면서 사람의 몸이라는 것이 슈퍼에 진열된 닭고기 같이 느껴졌다고 말했다. 그리고 육계를 대하듯이 하는 게 도움이 된다고 보탰다. 그렇지 않으면 한때 인간이었던 몸을 자르고 베고 들어내서 각 부위를 자세히 들여다보는 일이 힘들었을 것이라고 했다. 그는 차가운 몸에서 인간의 온기를 느끼지 않도록 주의하고 있었다. 죽은 몸에서 차가운 지식을 습득하도록 훈련받고 있었다.

인도의 밤은 어둡고 안쓰럽다. 누울 자리가 있는 사람들은 집으로 들어갔지만, 그렇지 않은 사람들은 허물어져 가는 사원의 처마 아래, 거리의 구석에, 인도 위에, 또는 자전거 릭샤나 툭툭의 좁은 자리에 웅크리고 잠들었다. 하루가 치열해서 피곤하지 않으면 잠들 수 없는 곳에서 잠든 사람을 봐야 하는 것이 인도의 밤거리였다. 부다가야에서의 어느 밤, 하룻밤 사이에 2번이나 가위에 눌린 아들은 나에게 소리쳐 도움을 청했다고 했다. 내가 깊게 잠들어서 듣지 못했는지, 자신의 목소리가 나오지 않은 건지 알 수 없다고 보탰다. 그는 불면증으로 힘들어했고, 수면 상태에서 또 고통받고 있었다. 나의 도울 길이 없는 마음이 안쓰러웠다. 아들은 아직 의사가 되고자 하는 자신의 선택이 옳은지에 대한 의문도 갖고 있었다.

그가 굳이 의사가 되어야 한다고 생각하지는 않았지만, 의사가 된다면 아들은 좋은 의사가 될 것이라고 나는 생각했다. 아들이 친절하고 남을 배려하는 사람인 것을 알기 때문이었다. 사람을 바라보는 그의 눈은 따뜻했다. 유능한 의사란 질병을 잘 치료하는 사람이기 이전에, 아픈 사람을 배려하고 그들의 이야기를 잘 듣는 사람일 것이라고 말해 주었다. 현대의 의사들은 혈압, 맥박, 호흡, 호르몬 수치와 그래프, 신체 각부를 세밀하게 찍은 사진, 현미경으로 들여다본 미생물 등으로 환자를 이해하고 진단하고 치료했다. 그리고 언제부터인지, 환자의 이야기를 듣는 의사들이 사라져 가고 있음을 느꼈다. 사람은 숫자와 사진으로 의사들을 만났다. 그리고 의사들은 그것들이 주는 정보를 환자의 이야기보다 더욱 신뢰한다는 느낌을 받았다.

시장의 길목, 큰 나무 그늘 아래, 사원의 처마 아래에 하염없이 앉아 있거나 강가를, 거리를 천천히 배회하는 사두들은 그랬다. 그들은 수행자, 선생, 그리고 현자로서, 때로는 의사로서 사람들을 만났다. 그들은 서두르지 않고 누구든지 곁에 온 사람들의 이야기를 들었다. 찾아온 사람들의 얼굴을 찬찬히 들여다보고, 눈을 맞추었다. 그들이 적절한 처방을 해 주는지는 알 길이 없지만, 최소한 오래 그리고 천천히 사람들의 고민을 들었다. 고민은 경청하는 사람을 통해서 해결이 안 되더라도 위로는 될 것이었다. 사람들은 어떨 땐 자신의 이야기를 본인의 일처럼 들어줄 사람들을 간절히 필요로 했다. 특히 마음이 괴롭고 아플 때는 더욱 그랬다. 많은 병은 마음의 아픔에서 시작되었다.

## 바라나시를 떠나며

바라나시를 떠나며 “바라나시가 어땠어(How did you like Varanasi)?”라고 물었다. 가한은 항상 그렇듯이 “Good.”이라고 짧게 대답했다. 그가 표현을 가다듬어 말할 수 있도록 인내해야 했다. 시간이 길게 느껴졌다. 나의 행동과 생각 그리고 감정의 움직임은 아들보다 항상 한 뼘 빠름을 기억했다. 생각하는 표정이 지나갔다. 시선이 내면을 바라보고 있었다.

사실 나는 그가 화장터의 감상이나 오염된 몸을 담근 순례자들을 바라본 경이감이나 이상한 모습으로 비추어졌을 수행자들을 이야기할 것이라고 예상했다. 나의 경험이 그에게도 비슷하게 적용될 거라고 기대하고 있었다.

하지만 아들은 예상 밖의 대답을 했다. 그는 “배회하는 동물들과 거리에 넘쳐나는 배설물이 인상 깊었다.”라고 했다.

우리가 바라보는 바라나시는 같지 않았다. 우리는 항상 같이 있었고 항상 같이 여행했지만, 우리의 눈은 다른 세상을 바라보고 있었다.

인도의 거리는 항상 짐승들이 거닐고 잠들었다. 소들은 거리의 쓰레기 더미를 뒤지고, 개들은 한밤을 배회하며 영역을 침범한 개들과 싸우다 낮에는 사원의 기둥 아래에서 잠들었다. 말과 당나귀는 길 여기저기에 배설물을 쏟아놓으며 지나갔다. 건물과 건물 사이를 건너다니며 먹을 것을 훔치고 물건들을 흩트려놓는 원숭이들은 흔했다. 인도의 일상은 생명을 가진 많은 형태의 짐승, 벌레 그리고 보이지 않을 미생물들을 항상 마주치고 경험해야 했다. 동물들이 배설한 똥도 거리를 구성하는 당연한 일부가 되어 있었다.

이것은 가한과 내가 온 세상과는 거리가 멀었다.

예외가 될 길고양이들만이 가끔 도시의 외진 모서리를 조심스럽게 배회하기도 했지만, 그들마저 중성화(desex) 대상이 되어 성불구 생명체로 도시에 생존했다. 그리고 평화를 상징해야 할 비둘기들의 눈은 이제 쥐의 눈을 닮아 간다고 느꼈다. 하지만 비둘기가 서식하는 곳도 서서히 철조망으로 둘러쳐지기 시작한 것은 오랜 이야기다. 우리의 세상은 인간 이외의 다른 생명체들과 철저히 격리되었다. 개들과 몇몇 애완동물이 존재했지만, 그들 역시 가족의 구성원이라는 이름을 얻어야만 인간의 영역에 발을 들이는 것이 허용되었다. 물론 그들은 가족이 되기 위해서 본능적 야성을 버려야 했다.

가축은 가축의 영역에, 애완용 동물은 가족의 영역에, 그리고 인간의 삶에 불필요하거나 해가 되는 모기나 바퀴벌레 같은 생명들은 죽어야 마땅한 대상이었다. 심지어는 식탁이나 손바닥의 보이지 않는 미생물까지 걱정해서 살균 스프레이를 뿌려 마땅히 죽어서 사라져야 했다. 집 안에 바퀴벌레 한 마리가 나타나거나 생쥐 한 마리가 들어오면 온 가족이 질겁했다. 물론 바퀴벌레와 생쥐에게는 목숨이 달린 도주를 할 만큼 위중한 상황이 되겠지만, 사람들이 질겁하는 모습도 그와 못지않았다. 그렇게 자라고 살아온 인간들은 생명들이 득실거리는 인도에서 쉽게 병들고 고통받았다. 다른 생명체와 철저히 스스로 격리된 인간들의 삶은 인류의 오랜 역사에서 새로운 모습이었다. 단지 우리가 온 세상에서만 익숙할 뿐이었다.

## 파라카 익스프레스

바라나시 정선(Varanasi junction)역에서 13413이라는 번호를 가진 파라카 익스프레스(farakka express)의 침대칸에 탔다. SL(sleeper class)은 장거리를 이동하는 배낭여행자가 자주 이용하는 기차다. 기차는 침상을 3층으로 배열하고 에어컨 시설이 없다. 인도 대부분의 기차가 그렇듯이 내부는 철제 몸체가 그대로 드러나 있다. 실내는 사람들의 흔적들이 오랜 시간 몇 겹으로 올라붙어서 색이 되고, 체취가 되고, 분위기가 되어 착상되어 있었다. 착상된 사람들의 오랜 흔적들은 어느덧 나에게는 인도의 한 이미지로 각인되어 있었다. 먼지가 더 이상 달라붙을 곳이 없는 철제 날개를 가진 천장 선풍기는 발악하듯이 돌고 있었다. 선풍기의 발악은 기차 내외의 소음을 뭉개어내었다. 낮에는 맨 아래 칸 청색 벙크 베드(bunk bed)만 펼쳐서 좌석이 되고 중간과 위쪽 두 개의 침상은 접고 사용한다. 객차 내로 들어서자 객차 내의 인도인들이 우리를 살폈다. 인도에서는 다른 사람을 빤히 바라보거나 살피는 일이 일상적이었다. 낯선 사람과 이야기를 나누는 일도 어렵지 않았다. 그들은 우리에게 우리의 관계와 여행 경로를 물었고, 더불어 아들과 아버지가 국적이 다른 이유를 설명해야 했다. 호기심 가득한 질문 공세를 피할 방법은 없었다.

좁은 좌석 사이의 복도를 오가며 "커피, 알로 파라타(감자가 든 납작한 튀긴 빵), 사모사(각종 속을 넣어 삼각형 튀김만두), 베지 커틀릿(vegetable cutlet), 오믈렛(omelet), 빠니 워터(bottle water)."를 외치는 잡상인들이 비집고 다녔다. 상인들이 물건들의 이름의 후반부를 길게 늘여 발음하는 것에는 일종의 합의가 있었던 듯했다. 한국의 행상들이 재첩국, 두부 그리고 찹쌀떡을 길게 늘여서 하는 발음과 일치하고 있었다. 꾀죄죄한 상인들이 나르는 기름때가 반질반질한 나무판이나 더러운 바스켓(basket)에 실려 다니는 음식들은 우리의 식욕을 오히려 떨어지게 했다. 우리는 기차여행 동안 바나나와 비스킷으로 연명했다.

바라나시에서 델리까지, 기차가 정시에 도착하면 18시간, 그리고 새벽에 도착한 델리에서 하루를 보내고, 다시 13시간 정도 걸리는 밤 버스를 타면 맥그로드 간즈의 새벽에 도착할 것이다. 인도의 대륙은 거대하고 기차와 버스는 느렸다.

가한은 언제 다운로드했는지 다음 학기에 공부할 『바이러스 개론』을 스마트폰으로 읽기 시작했다. 학업 부담이 만만치 않음을 알 수 있었다. 가한은 요구되지 않으면 미리 공부하는 학생은 아니었다. 바라나시를 벗어나고 기차의 진동 리듬에 몸이 적응할 즈음,

아들에게 뜬금없이 바이러스와 박테리아의 차이점이 무엇인지 물었다. 아들은 항상 그렇듯이 잠시 뜸을 들인 후, 바이러스는 호스트(host)에게 기생해서 살아가고 박테리아는 독립적 생존이 가능하다고 답했다. 독립적인 생존이 가능하지 않고 눈에 보이지도 않는 미세한 생명이 때로는 인간을 위협한다는 사실이 새삼 불가사의(Incredible)하게 느껴졌다. 사실 인도 여행이란 여행자의 순진한 뱃속과 미생물과의 싸움이기도 했다.

봉사활동 중 혹독한 배탈로 고생한 가한은 인도 생활 한 달이 넘어가는 시점에도 거리의 음식은 손을 대지도 않았다. 과일도 생수로 씻어야 먹을 수 있었다. 항상 메고 다니는 작은 가방에는 젤 형태의 손 소독제를 가지고 다니며 때때로 발랐다. 유럽에서 자란 아이들은 인도의 미생물을 두려워했다. 서양 의학을 공부하는 아이들이라 더욱 조심스러운 것이라는 생각도 했다. 나는 인도의 어린아이들도 견디어내는 작은 생물들을 건강한 유럽 청년들 역시 잘 견디어 낼 수 있을 거라 생각했다.

단순한 미생물들이 생각을 할 수 있냐고 또 물었다. 가한은 "아닐 것이다."라고 답했다. 고통은 느끼는지 물었다. 아마 그럴 기관이 없을 거라고 대답했다. 그럼 자아가 있냐고 물었다. 아들은 아마 없지 않겠냐고 대답했다. 여기서 나의 눈을 바라보며 잠시 웃었다.

그에 따르면 미생물들은 생명이 있으면서도 자아도 존재하지 않고, 고통받지 않으며 생각 없는 존재들이었다. 나는 사실 그가 그렇게 대답하리라고 추측하고 있었다.

나의 상상은 보이지 않는 아주 작은 생명체들이 고통받지 않고, 일체의 걸림이 없는 열반의 상태에 있지 않을까 하는 터무니없는 망상으로 발전했다. 우리의 추론으로는 그들은 고통받지 않고, 생각이 없어 욕망이 없고, 자아가 없어 생사에 구애받지 않는 생명체였다.

바라나시와 부다가야의 수많은 수행자의 고행과 수행은 미생물의 경지에 도달하기 위해서인가 하는 곳까지 엉뚱한 상상이 펼쳐지자 나는 혼란에 빠졌다. 신들과 불가사의한 이야기들이 대수롭지 않게 말해지는 인도에서 나의 상상의 나래는 황당하게 펼쳐지곤 했다.

## 밀크 바바

네팔의 파슈파티낫(Pashupatinath)에서 마주쳤던 밀크 바바(Milk Baba)의 눈동자가 떠올랐다. 사람들은 평생 우유만 마시고 살아온 그를 밀크 바바라고 불렀다. 나는 네팔을 혼자 여행하고 있었다. 그때의 나는 23살의 청년이었다. 아니, "나는"이 아니라 "그는"이라고 불러도 무방할 것이다. 이제는 회상 속의 그와 나는 동일 인물이라고 볼 근거가 별로 없기 때문이다.

여행은 88올림픽이 끝난 다음 해의 봄과 여름이 이어지는 간절기였다.

제대와 복학과의 간극 동안 네팔로 향했다. 히말라야가 보고 싶었다. 그리고 히말라야를 걷고 싶었다. 히말라야라는 말만 들어도 이해할 수 없는 마음의 동요가 일어나던 시기이기도 했다.

닭장차라고 불리던 철장이 둘린 버스에서 세상을 바라보았다. 철장이 쳐진 창문의 크기만큼만 세상을 바라보도록 강요받았다. 세상은 철장의 격자로 눈금이 그어져 있었다. 행인들은 항상 철장

격자의 한 눈금에 나타나서 반대쪽의 마지막 눈금을 넘어 사라져 갔다. 사람들은 철장으로 막은 차창을 넘어서 볼 용기가 없었다. 그런 시절이었다. 하지만 차갑고 화난 눈들이 버스 속을 투사하고 지나감을 느꼈다. 눈들은 차고 따가웠다. 나는 선택하지 않는 30개월의 삶에 책임이 없다고 스스로 위로했다. 언젠가 진압복을 벗고 나갈 수 있는 철장 밖의 세상 모두가 나에게는 피안이었다.

네팔은 내가 살던 세상 그리고 상상했던 세상과도 많이 달랐다. 세상의 다른 지역이 아니라, 다른 시간에 도착한 듯했다. 땅속 깊은 구덩이 속으로 시간을 거슬러 낙하하여 과거의 어느 시점에 떨구어진 것 같았다. 사람들은 가난을 입고 있었지만, 맑게 웃었다. 얼굴은 태양과 바람에 거칠어지고 메말랐지만, 두려움의 흔적은 보이지 않았다. 경직되지 않은 그들의 모습이 때로는 무질서하게 느껴지기도 했다. 네팔인의 표정엔 한국인이 억눌러 버린 감정까지도 어색하지 않게 표현되었다.

한국에서는 은밀하게 감추어진 죽음이 네팔에서는 삶과 뒤섞여 있었다. 죽음에 대한 태도는 화장실의 차이점과 비슷하다는 이상한 비교를 했다. 한국의 화장실에는 똥오줌은 보이지 않고 반짝이는 거울과 타일 그리고 변기들만 있었다. 화장실에서는 꽃이나 초콜릿 향이 났다. 가끔은 클래식 음악도 들려 왔다. 네팔의 화장실

(화장실이 특별히 있지 않은 곳이 많았다)은 동네 주변의 밭이나 산기슭에 배설되고 배설물은 냄새를 풍기다 천천히 분해되어 갔다. 화장실로 가는 사람들의 손에는 물 한 바가지가 들려 있었다.

삶의 기운이 왕성한 갠지스 상류의 화장터에서 주검들이 태워지고 있었다. 죽음은 피하고 감추는 것이 아니라 삶의 마지막에 만나는 당연한 과정이었다. 화장터 옆 보호소에는 한 줌의 재가 되기 위해 병들고 가난한 노인들이 자신의 순서를 기다리고 있었다. 보호소 건너편 황금 지붕의 만디르(힌두 사원)에는 신을 찾는 건강한 사람들의 행렬이 이어졌다. 건강한 사람들도 인생의 마지막은 재가 되는 것은 마찬가지라는 것은 내 나이가 어느 정도 들자 든 생각이었다. 단지 순서가 아직은 멀게 느껴진다는 차이가 있을 뿐이었다. 10년, 20년의 간극. 지금의 나이에서 되돌아보면 긴 시간도 아님을 알게 되었다.

가트에 생각이 너무 많아져서 생각이 없어져 버린 것처럼 앉아있었다. 카트만두의 뜨거운 햇볕도 정신을 수습하고 나서야 느낄 수 있었다. 까마귀들이 하늘을 날았다. 그들은 덜 탄 육신의 일부를 차지할 것이다. 실상 더 힘센 독수리들은 성가신 까마귀의 눈치를 봐야 했다. 그들은 더욱 강한 부리와 발톱을 가지고 있었지만, 까마귀의 성가심은 피하고 있었다.

한 수행자가 있었다. 나의 시선이 그의 시선을 만났다. 짧은 순간이었다. 그는 아름다운 외모를 가지고 있었고, 긴 머리카락을 머리 위로 말아 올린 얼굴엔 수염이 길게 자라 있었다. 그의 눈은 맑았고 눈가에는 평온한 미소가 오래 머문 주름이 있었다. 그는 미소 짓고 있다고 느끼게 하는 자족하고 평온한 얼굴의 표정을 가지고 있었다. 하지만 이런 모든 것은 그의 눈의 심연에서 깨어난 후에야 인식한 것들이었다. 시선의 만남은 짧고 간결했지만, 찰나에 나를 누르고 있던 모든 중력이 사라져 버린 것 같았다. 중력은 국가와 사회와 가정과 나를 포함한 모든 사람이 능동 또는 수동적으로 동의하는 일종의 생각의 무게 같은 것이었다. 누구도 의문을 갖기 이전에 당연해야 하는 생각의 압력이었을 것이다. 사회를 지배하는 생각들은 당연해야만 해서 무게를 느끼지 못하고 살았다. 하지만 의문이 생기는 순간 거역할 수 없는 강력한 중력이 되는 지배자였다. 찰나의 눈 맞춤에 중력이 무너져 내렸다. 그리고 이해할 수 없는 평온한 행복감에 빠져들었다.

수행자의 텅 빈 눈동자. 뼈와 정맥이 두드러지는 마른 몸을 가진 사두의 눈동자 뒤에는 아무것도 존재하고 있지 않았다. 영혼도, 자아도, 그리고 욕망도 존재하지 않았다. 나에게는 그렇게 보였다. 몸뚱이만 남긴 채 마음은 신에 맡겨 버린 것일 수도 있었다. 영혼이 흩어져 사라지고 생사가 무의미해지고, 욕망의 고통에서 해방되고, 자아로부터 자유로워진 그의 눈동자에는 아무것도 남아있지 않았다. 그런 빈 수레에 우연히 올라탄 나는 모든 고통의 원인이 제거된 평온한 상태를 간접적으로 경험하게 되었던 것이라 생각했다. 그것이 처음으로 내가 받은 선물, 다사나(darshana)였음을 나중에야 알았다.

## 기차 여행의 의식(儀式)

3층 침대 꼭대기 층에 가한이 배낭을 베개 삼아 누웠다. 온통 철로 만들어진 3대의 천장 선풍기가 그의 머리 위에서 힘들게 돌아가고 있었다. 소음은 일정하게 내뱉는 늙은 사람의 기침 소리처럼 병색이 짙었다. 다행한 것은 일정한 소음이라 두뇌가 곧 무시했다는 점이다. 우리는 귀로 신호를 받아서 두뇌로 걸러내는 방법을 사용하고 있었다. 그런 두뇌의 방식들은 나를 보호해 주지만, 또한 나를 속이기도 했다.

나도 그의 아래층에 배낭을 베고 누웠다.

누워서 발아래 쪽을 바라보니 나의 맨발과 10개의 발가락이 침대 밖으로 빠져나와 있었다. 순간 바라나시의 화장터의 불타는 장작더미에서 빠져나온 사내의 발이 생각나서 무릎을 굽혀 침대로 발을 당겨 넣었다. 다행히 발가락에 불이 붙지는 않았다.

인도의 기차는 시속 50㎞를 채 넘지 못했다. 차창을 들어 올려 열었다. 차창은 교도소처럼 주물 창살이 가로지르고 있었다. 기차 창살은 따가운 시선으로부터 자유로울 수 없던 경찰 버스의 창살

과는 달랐다. 먼지와 공해로 가슴 먹먹한 도시가 멀어지자 푸른 농촌 들녘을 달렸다. 철로 주변에는 버려진 생수통과 비닐봉지가 일어난 바람에 구르고 있었다. 잡풀 더미가 그 사이로 자라고 있었다. 우기 동안 모내기가 막 끝난 논들과 모내기를 채 하지 못한 논들이 번갈아 가며 펼쳐진다. 논길에는 자전거가 걸음 속도로 지나가고 있었다. 코코넛 나무 그리고 바나나 나무들을 지난다. 논 너머 편에는 벽돌을 구워내는 붉고 둥근 굴뚝들이 높게 서 있다. 바얀나무와 님(neem)나무들이 만드는 그늘 아래에는 남자들이 무료한 시간을 보낸다. 아낙들은 머리에 붉은색 흙으로 빚은 물 항아리를 이거나 염소 먹일 풀 등짐을 지고 줄지어 마을로 향한다. 몬순의 비에 급조된 웅덩이에서 벌거벗은 채 물놀이를 하는 아이들의 웃음소리가 들렸다. 그것은 감각의 조작이었음도 알았다. 그러기에는 거리가 너무 멀었다. 흙탕물이 된 저수지에는 몸집을 잔뜩 불린 물소들이 물풀을 뜯는다.

마을의 작은 언덕에는 긴 나무 지팡이에 몸을 기대어 쭈그려 앉은 노인이 가축을 지키고 있었다. 그의 눈을 볼 수 있는 거리도 역시 아니었지만, 그의 시선이 공허하다는 것을 알 수 있었다. 길가를 지나가던 아이들은 기차를 따라 달리며 손을 흔든다.

하늘에는 매와 까마귀가 영역을 다투고 빈 벌판의 논에는 백로와 두루미가 긴 다리로 성큼성큼 걸어 다니며 먹이를 찾았다. 쓰레기 더미에서는 배와 머리에 검정이 덕지덕지 달라붙은 돼지들이 먹이를 뒤진다. 개들은 그늘을 찾아 잠들고 비쩍 마른 말들은 거친 풀을 뜯는다.

이런 모든 풍경은 기차의 반대 방향으로 달려가고 있었다. 우리는 뒤로 달아나기만 하는 풍경들을 아쉽게 바라보았다.

창살이 쳐진 차창이 보여 주는 풍경에 지치면 우리는 졸았다. 그러다 깨어나면 풍경과 소음이 다시 살아났다. 기차의 흔들림에 몸이 지쳤다. 차창을 넘어서 들어오는 바람과 소음에 비해 시원하지 않은 선풍기 바람에도 몸은 지쳐 갔다. 머리칼과 얼굴에는 먼지와 기름기가 올라서 꾀죄죄해져 갔다.

역에 기차가 들어서니, 다리 없는 사내가 몽당 빗자루로 바닥을 쓸고 지나가며 손을 내밀어 돈을 요구했다. 그리고 여자 복장에 화장을 진하게 한 사내가 당당한 모습으로 돈을 요구하다 몇 번의 거절 후에 지나갔다. 사람들은 그들에게 마지못해 돈을 주었다. 돈을 주지 않으면 그는 저주를 퍼부었다. 창살 틈으로 갑자기 손이 들어와 물건을 내민다. 생수를 한 아름 든 사내들이 기차 안을 돌면서 눈앞에 내밀고 사기를 요구한다. 그러다 기차가 움직이면 그들은 사라져 갔다. 화장실 냄새가 뒤로 흩어져 멀어져 갔다.

기차는 멀리 보이는 풍경과 너무 가까이 다가오는 다양한 사람들의 얼굴을 뒤로하고 목적지로 천천히 이동하고 있었다. 한국인이 허용하는 타인과의 거리와 프랑스인 아들이 허용하는 거리 그리고 인도인들이 타인에게 내어줄 수 있는 거리에는 많은 차이가 있었다. 인도인이 타인에게 내어주고 다가설 수 있는 거리는 우리에게는 너무 가까워 거북하게 느껴졌다.

목적지에 도착하여 기차에서 내려 역을 나오는 일은 항상 많은 군중 사이를 빠져나와야 하는 일이다. 사람들은 대합실 바닥에 자리를 마련하고 눕거나 앉았다. 그들 사이를 개와 소들이 거닐고, 기차 철도변에서는 짙은 대소변 냄새가 났다. 인도의 기차는 승객들의 오물을 모으지 않는다. 그냥 철도 위로 흘려보냈다.

역전에 나가면 다시 툭툭과 택시 기사들을 만나야 한다. 그들은 우리가 향하는 곳을 항상 잘 알고 있었다. 그리고 현지인에 비해 엄청나게 비싼 요금을 요구했다. 흥정하기에도 너무 높은 가격을 불렀다. 우리는 우선 툭툭 기사들을 피해 차이를 마시며 여유를 가지기로 했다. 물론 차이를 마시는 동안에도 기사들은 우리를 가만히 두지 않았다. 흥정은 피하고 싶지만, 흥정 없이 툭툭을 타거나 물건을 구입하면 터무니없는 가격을 내게 되었다. 흥정은 현지인들이 내는 가격의 10배 또는 20배의 가격을 부르는 데서부터 시작했다. 손님이 머뭇거리거나 거절하면 원하는 가격을 말해 보라고 요구했다. 많이 부풀려진 가격을 요구했음을 알지만, 그렇다고 현지인이 낼 만큼의 낮은 가격을 부르지 않는다는 것을 그들은 잘 알았다.

우리는 여행자다. 급할 것이 없었다. 단지 기차에 시달린 몸과 어깨에 올라탄 배낭이 휴식을 독촉한다. 몸과 배낭의 독촉을 무시하고, 가벼운 농담을 나누고, 농담 속에 터무니없는 가격을 부른 뒤 반응을 지켜보곤 했다. 흥정에서 여유를 잃으면 돈을 잃는 것과 마찬가지였다. 하지만 이제는 인도도 많이 바뀌었음을 느끼곤 했다. 인도 상인들의 성격도 많이 급해졌다. 내가 현지 가격에 가까운 돈을 제시하면 화내며 가버리는 사람들도 있었다. 예전에는 흔한 광경은 아니었다. 많은 인도 상인에게 외국인이 많은 돈을 내는 것은 당연했다.

이 모든 과정이 끝나야 여행자는 역을 벗어날 수 있었다. 그것은 일종의 여행자를 위한 의식과도 같은 것이었다.

## 라면을 먹는 사진

델리역은 달랐다. 나의 젊은 시절의 여행은 이미 오래된 과거가 된 것임을 느꼈다. 역내에 있는 맥도날드에 들어갔다. 우리는 기차에서 비스킷과 바나나로 연명하며 저녁까지 굶었다. 그리고 먼지, 짙은 체취, 선풍기의 신음과 몸에 엉기는 덥고 습한 공기 속에서 길고 피곤한 밤을 지냈다. 그래서인지 우리에게 에어컨과 익숙한 음식이 있을 맥도날드는 거부할 수 없는 유혹이었다. 인도답지 않은 휴식이 우리에게는 필요했다. 아니, 실은 인도로부터의 도피가 필요했다. 그것이 잠시일지라도. 소고기를 먹지 않는 인도의 맥도날드에는 치즈의 일종인 파니르(paneer) 아니면 주로 닭이 희생물이 된다. 우리는 닭을 먹기로 했다. 무엇보다 중요한 것은 에어컨에서 시원하고 쾌적한 바람이 나오고 있다는 것이었다.

아들은 프랑스인의 식습관을 가지고 있다. 프랑스인이고 프랑스에서 자란 그에게는 당연하지만, 나는 당연함을 당연함으로 받아들이는 것을 가끔 어색해했다. 그에게 나의 흔적이 남아있기를 바람이었을 것이다. 그러나 식습관은 타고나는 것이 아니라 만들어지는 것이었다.

자취하는 아들은 직접 요리를 해 먹는다고 했다. 치즈와 햄을 넣은 샌드위치를 자주 먹고, 파스타도 자주 먹는다고 했다. 이유는 쉽고 값싸기 때문이었다. 그가 좋아하는 요리는 파스타에 훈제 연어를 넣고 타르타르 소스를 얹어서 화이트와인과 함께 먹는 것이었다. 요리법은 폴린의 어머니로부터 배웠다고 했다. 사실 나의 전처이자 그의 엄마는 요리를 잘하는 편이 아니었다. 아들은 내가 기뻐하리라고 생각했는지 한국의 라면도 가끔 먹는다고 말해 주었다. 그리고 친구와 자전거 여행 중 라면을 먹는 사진을 스마트폰에 담아서 보여 주었다. 그것은 나에게 보여 줄 목적을 가지고 찍은 사진임이 분명해 보였다. 라면이 딱히 내가 생각하는 한국 음식은 아니었지만, 같은 음식을 즐긴다는 것은 우리 사이에 동질감이 있음의 표현이었다. 다시 말하자면, 그는 우리 사이의 이질성을 느끼고 있었다.

음식은 언어만큼이나 한 사람의 정체성을 보여 주는 중요한 요소다. 그는 내 아들이지만 한국어를 하지 못했고, 프랑스 음식을 먹었다. 그래도 다른 문화에 비해 한국문화나 소식에 관해서 관심을 더 가져주는 모습이 나와 연결된 끈을 확인시켜 주었다. 라면 사진이 부자간의 동질감을 제공하는 매개체가 될 수도 있었다.

## 마침내 죽음을 이야기하다

바라나시를 떠나는 날 아침, 모나리자 카페에서 식사를 했다. 이곳은 모나리자 사진이 걸려있어서 모나리자 카페가 되었다. 오랫동안 배낭여행자를 맞이해 온 영어가 유창한 주인은 유럽인 손님들로 시작해서 일본인, 한국인 그리고 요즘은 중국인 여행자를 맞이한다. 여행자의 주류가 바뀌어 가는 만큼 세월도 늙어 갔다. 카페도 그와 같이 늙어 갔다. 인도 여행지 식당의 아침 메뉴는 항상 비슷하다. 인디언, 잉글리시, 프랑스, 이스라엘 그리고 콘티넨털 아침식사 이런 식이다. 음식은 각각의 나라의 아침 식사를 기반으로 만든 인도식 퓨전 음식이다. 영국의 베이컨은 돼지고기이므로 자주 닭고기를 사용한 소시지로 대체되었다. 프랑스의 크루아상은 같은 모양의 빵이 나온다. 아들은 겉은 바삭하고 속이 촉촉하며 겹겹이 벗겨지는 크루아상에 비해 모양만 갖춘 빵을 크루아상이라고 부르기 곤란해했다. 다시 인도에선 체념이다. 많은 것을 바라면 많이 실망한다. 이스라엘식 아침은 인도에 워낙 이스라엘 여행자가 많아져서 생긴 메뉴다. 군 생활을 마치고 생활비가 저렴한 나라에서 몇 개월에서 일 년 정도 여행하는 이스라엘 남녀를 만나는 것은 흔한 일이었다. 군을 막 제대한 이스라엘 젊은이들은 뭉쳐 다니면서 막무가내식 행동으로 현지인과 타국 여행자들의 미움을 받는 경우가 많았다. 특히 팔레스타인 문제가 나오면 그들은 방어적인 태세로 돌변하는 경우가 많았다.

우리 자리 뒤에서 식사하던 사내가 한국말로 말을 건넨다. 그는 혼자였다. 대화 상대가 간절했던 것 같았다. 반갑게 인사를 하니, 그는 단숨에 그의 일생의 일부와 여행의 전반에 관해서 이야기했다. 한 호흡에 그만큼 많은 정보를 전달할 수 있었던 힘은 외로움에 있었을 것이다. 말을 이해하지 못하는 아들을 의식하며 무례하지 않을 간단한 "예!"와 "아!"를 거듭하며 그의 말을 들어야 했다. 수프와 음식이 식고 있었다.

그는 일로부터의 자유로움이 무료함으로 바뀌던 퇴직 5년 이후, 배낭여행을 시작했다고 말했다. 배낭여행은 그의 삶에 활력을 주었다고 했다. 여행은 새로운 세상을 보게 했고, 젊어진 자신을 경험했다. 아쉬운 것은 주변에 배낭여행을 같이할 친구가 없어서 혼자 여행해야 하는 것이었다. 자신의 나이에 혼자 여행함을 자랑스럽게 생각하는 듯했다. 인도 여행도 처음이 아니었다.

아들은 음식을 천천히 먹고 있었다. 그리고 가끔 나의 표정을 읽었다. 나의 표정에서 흥미로운 이야기는 아니지만, 무례하고 싶지 않음을 읽었을 것이다. 나는 가끔 아들의 표정을 살폈다. 이해하지 못하지만, 자신은 괜찮다고 말해 주었다.

노(老) 여행자는 이번 여행은 유독 외롭고 가족이 그립다고 말을 이어갔다. 한국의 메르스(MERS) 발병 기사를 읽고(일주일 전쯤에 한국의 메르스 의심 환자가 있다는 뉴스가 있었다) 라자스탄(Rajasthan) 사막에서의 낙타 여행 계획을 포기하고 곧 한국으로 귀국한다고도 말했다. 그에게 메르스는 반가운 소식이 된 것 같았다. 울고 싶은 놈의 뺨을 때려준 것처럼…….

아들은 알아듣지 못하는 언어 속에서 아침 식사를 마치고 있었다. 우리의 사연과 다음 행선지 정도를 알리는 것으로 대화를 정리하고 카페를 나왔다. 나이가 50대 중반을 넘어서면서 노화에 대한 이야기들이 잘 들렸다. 한국이 빠르게 노화하는 사회가 된 탓도 있었지만, 나도 어느새 노화에 대한 이야기에 관심을 가지고 듣고 있었다.

나는 한국 사회의 노화에 대한 담론들이 주로 경제와 건강을 주제로 이루어지는 것이 뭔가 아쉽다고 생각했다. 노화의 결과가 될 실제 죽음에 대한 이야기는 피해 가고 있었다. 늙긴 하지만 죽진 않을 것처럼……. 어느 정도의 돈과 어떤 음식과 어떤 운동과 어떤 마음가짐을 가지고 살아야 건강한 노후를 맞이할 수 있는가에 대한 논의는 활발했다. 반면에, 어떤 마음으로 죽음을 맞이하고 어떻게 죽음을 준비해야 하며 어떻게 죽어야 하는가에 대한 담론은 없었다. 늙어도 살아갈 세월만을 준비하고 있었다. 분명히 맞이해야 할 죽음에 대한 준비도 필요할 것이었다.

아들과 바라나시의 화장터에서 죽음을 이야기하고 싶었다. 그것은 어떻게 노후를 건강하게 보내는가에 대한 이야기가 아니라 어느 날 어김없이 나에게 다가올, 그리고 모두에게 다가올 죽음을 이야기하고 싶었다. 뜻하지 않은 여행자의 이야기가 마침내 죽음을 이야기하게 해 주었다.

인도의 대가족사회에서 아들은 아버지의 삶과 노화와 죽음의 과정을 지켜보면서 자신의 삶과 노화와 죽음을 관찰할 기회가 많다. 한 가족에서 탄생과 성장과 노화 그리고 죽음까지의 과정이 일어나고 어떻게 준비하고 어떻게 죽어 가는지를 경험한다. 그들은 아직 대가족의 형태를 유지하고 있기 때문이다. 하지만 우리 사회에서는 인생의 과정 중에서 많은 것을 경험할 기회를 잃고 있다고 생각했다. 아기는 병원에서 전문가들의 도움으로 태어난다. 그 과정을 지켜본 것은 많아도 아마 아기의 부모 정도일 것이다. 죽음으로 가는 노화 역시 가정을 떠나 요양원과 병원에서 이루어진다. 그렇지 않으면 자녀와 떨어져 홀로 늙어 가는 부모들이 많아졌다. 요양원에 모신 부모를 찾는 횟수는 차차 줄어들어 결국 전문가들의 손에 남게 되는 것이 일반적이 되었다. 삶의 다양한 과정을 가까이에서 지켜볼 기회로부터 우리는 멀어지기 마련이었다. 가한은 나의 삶도, 노화도, 그리고 아마 죽음의 과정을 살피는 기회를 가지지 못하게 될 것이다. 그것은 다가올 그의 인생행로(人生行路)를 예행 연습 없이 맞이하는 어려움이 될 수도 있었다.

나의 할아버지는 고모님 댁의 뒷방에 머무르시며 노후를 보내셨다. 젊은 시절에는 흰색 양복과 흰색 구두를 좋아하셨고, 축음기에 싱글 엘피(LP)를 올려 음악 듣기를 좋아했다던 할아버지의 노후는 곤궁했다. 소지품이라고는 약간의 옷과 담배꽁초뿐이었던 할아버지의 죽음은 간결하고 단아했다. 죽음을 맞이하기 전 마지막 며칠 동안 그는 식사를 전혀 하지 않았다. 그리고 죽기 전날 저녁에 딸에게 몸을 씻겨 달라고 했다. 그렇게 밤을 지나 그는 죽은 몸으로 새벽을 맞이했다. 그는 철저히 혼자였고, 목욕 후 갈아입은 깨끗한 옷에는 변도 흘러나오지 않았다.

이웃에 살던 나는 할아버지의 주검을 등에 업고 집으로 모셔왔다. 나의 아버지는 장자였다. 등에 업힌 할아버지의 몸은 아직 완전히 온기가 가시지 않았다. 안방에 할아버지를 모시자, 그는 몸을 한 번 뒤척였는데, 누군가가 몸속의 가스가 빠져나가는 것이라고 말해 주었다.

39세 되던 해, 아직 삶이 한창인 나이에 나의 죽음을 맞이하고 죽음을 생각하며 죽음을 준비할 기회가 있었다. 혈액이 필요한 역할을 수행하지 못했기 때문이었다. 산소나 영양분을 몸으로 전달하지 못했고 또한 외부의 병으로부터 나를 보호하지 못했으며, 작은 상처에서 흐르는 피도 응고하지 못해서 피를 흘렸다. 아침에 칫솔질에 생긴 미세한 상처에서 흘러나와 밤새 입안에 모인 피를 세면대에 뱉어내곤 했다. 산소와 영양을 공급받지 못한 몸은 화장실을 기어서 가야 할 정도로 쇠약해졌고, 손바닥에 기생하는 일반적 바이러스에 감염되어도 체온이 39도까지 올라가 응급실로 향해야 했다. 재활 불량성 빈혈이라는 진단을 받았다. 뉴질랜드 노스 쇼(North shore) 병원의 혈액 전문의는 나에게 제 수명을 살 30%의 가능성과 5년 이내에 죽을 30%의 가능성, 그리고 곧 죽을 30%의 가능성을 가진 병에 걸려있음을 담담하게 설명해 주었다. 나머지 10%는 뭐냐고 물었던 것 같고, 그녀는 어깨를 약간 올렸다 내리며 "Who knows."라고 대답해 주었다. 그 대답을 하며 그녀의 손바닥이 위를 향해 잠시 뒤집혔던 것도 같다. 그녀의 표정과 조심스러운 말투는 병의 위중함을 확인시켜 주었다. 그녀에겐 타인의 죽음이란 익숙한 일이었을 것이다. 그리고 의사는 자신이 맡았던 같은 병을 가진 2명의 환자 중 한 명은 죽고 한 명은 살았다고 보탰다. 50%로 올라간 완치 확률이 딱히 위안이 되지는 않았다.

화학 요법(Chemotherapy) 치료를 받았다. 사실 병의 치료 또는 수술은 이론적으로는 놀라울 정도로 단순했다. 고장 난 피를 약으로 제거하고 기능이 가능한 새로운 피를 형성하게 하는 방식이었다. 나는 치료 후 재빨리 회복했고 또 재빨리 재발했다.

두 번째의 방법이자 마지막 치료법은 조혈 세포 이식 수술이었다. 나의 고장 난 조혈 세포를 몰살시키는(모두 확인 사살해야 함을 분명히 했다) 약을 며칠에 거쳐 몸속으로 주입했다. 사실 이런 조혈 세포의 대량 살상 작전은 나의 육체를 죽음 가까이로 밀어붙이는 효과가 있었다. 나는 의식만 겨우 살아있었고, 몸은 주검처럼 쇠약했다. 들어오는 물과 음식을 게워내었다. 배출의 기능도 희미해져서 타인의 도움을 받아야 했다.

몸의 기운이 떨어져 나는 사람을 응대할 힘이나 음악을 들을 힘도 가지고 있지 않았다. 단지 의식은 꿈에서도 살아서 매일 밤 악몽을 꾸었다. 매일 밤 암흑 속으로 추락하는 꿈을 꾸었다. 그리고 추락의 두려움에서 깨어난 현실은 꿈보다 딱히 낫지는 않았다.

조혈 세포가 확실히 제거되었음이 확인되었을 때, 옆 병실에 누운 동생의 척추에서 채취한 조혈 세포(말이 조혈 세포지, 주머니의 표면까지 피가 홍건하게 묻은 피 한 통을)를 내 몸에 주입하는 게 치료법이었다. 이번엔 나의 피를 살리는 것을 포기하고 동생의 조혈 세포가 내 몸속에 정착하여 피를 제공하도록 하였다. 이 역시 이론적으로 간단하다고 생각했다. 여러 가지 약물과 영양을 심장으로 연결된 코드와 코를 통해 꽂힌 튜브를 통해 공급받던 나의 모습은 멋지지 않았던 것으로 기억한다.

창을 내려다보았다. 무균실의 열리지 않는 창밖의 찬란한 태양과 거리를 걷는 사람들을 침대에서 내려다보았다. 그들처럼 햇살 아래서 다시 걸어 보고 싶었다. 소박하지만 나에게는 원대한 소원이었다.

회복이 시작되고 무균실을 벗어나자 많은 종교인이 찾아왔다. 그들의 신에게 기도를 해 주겠다고 친절을 베풀었다. 병으로부터 회복하게 해 주겠다고 했다. 그들에게 말했다. 떨어질 나뭇잎이라면 떨어지겠다고. 마르고 색이 변해서 떨어져야 할 나뭇잎이 떨어지지 않으면 흉하다고 생각했기 때문이었다. 창밖의 가로수가 가르쳐준 교훈이었다. 나는 마르고 볼품없었지만, 떨어질 나뭇잎은 아니었다. 몸엔 다시 피가 흐르기 시작했고 나는 다시 천천히 건강한 나뭇잎으로 돌아왔다. 그 피는 동생의 피이기도 했다.

죽음의 준비는 돈도, 건강도, 주변의 많은 사람도 나에게는 아니었다. 죽음의 준비는 두려움과 외로움에 대한 준비였다. 나는 죽음이 뭔지는 딱히 몰랐지만, 죽음이 두려웠다. 두려움과 외로움의 감정은 죽음이 가까이 다가오면 필수적으로 만나는 느낌이었다. 이런 느낌이 절실해지면 노화를 위해 준비한 많은 것들이 무기력하기 마련이다. 꼬박꼬박 나오는 연금과 가진 아파트 한 채 그리고 여기저기 쑤셔도 지낼 만한 건강이 마주해야 할 감정을 어떻게 상대하겠는가. 두려움과 외로움의 느낌을 수용할 준비는 간절하고 또 현실적인 것이었다. 스스로의 죽음을 결정하는 자살을 할 용기에 관해서도 이야기한 사람들이 있었지만, 노화와 죽음에 대한 두려움을 정면으로 만나지 않을 용기와는 굳이 비교할 필요가 없었다. 나는 거듭 위로와 용기가 날 생각들을 만들어내었다. 그리고 당연한 죽음의 과정을 당연하게 수용할 마음을 만드는 일에 집중해야 했다. 그만큼 죽음이 두려웠기 때문이었다.

외로움은 혼자가 되어서 느끼는 쓸쓸한 마음일 것이다. 하지만 혼자됨은 주위에 사람이 없다는 물리적인 뜻만을 가지지 않음을 알았다. 나의 죽음의 예행(豫行)에서 외로움은 어울리지 못하는 소외감이기도 했다. 가족들과 종교인들이 안부와 위로를 전하기 위해 나를 찾았다. 나는 혼자였지만, 또한 찾는 이들이 있었다. 그들의 방문은 소멸해 가는 한 인간에 대한 배려와 위로이었다. 근심스러운 표정을 한 얼굴들이 떠나가면 나는 투병 침대에 항상 다시 혼자 남겨졌다. 나의 귀는 문밖으로 떠나가는 그들의 다시 밝아진 목소리들을 따라갔다. 그렇게 사람들은 일상으로 돌아갔다. 그들과의 삶과 일과 놀이에서 나는 어울릴 수 없는 존재였다. 그것은 다시 병원 창 너머로 보이는 일상을 살아가는 사람들의 행렬에서 낙오(落伍)한 심정의 외로움이기도 했다.

노화, 다가오는 외로움, 죽음의 두려움은 아버지와 할아버지의 관찰로 배웠고, 나의 병을 통해서 다시 확인하게 되는 절실한 느낌이었다. 아버지의 외로움과 두려움을 관찰하는 것은 마음 아픈 일이다. 아버지는 노화하면서 감정들을 상대하기 더욱 힘들어했다. 적이 바짝 다가오면 마음은 더욱 긴장되고 여유가 없어 더욱 힘들어진다. 노화된 지력이나 인지력은 두려움에 거칠어진 감정이나 고집스럽고 이기적인 생각들을 조절하고 관리하는 힘이 없어 보였다. 친구들의 부고장을 받는 아버지 얼굴의 그림자는 차츰 더 짙어져 갔다. 평생 외로움을 가지고 산 아버지는 불치병으로 시력을 잃은 형을 포함해 두 명의 아들과 같이 살면서도 외로움을 느낀다. 그는 많은 경조사에 주위의 사람들을 모으고 싶어 한다. 나의 노화와 죽음을 관찰할 기회가 없을 아들에게 말했다. 노후와 죽음에 대한 준비는 재산이나 주위의 많은 친구와 가족이 아니라 마음에서 생겨난 두려움과 외로움을 상대할 대비일 거라고 말해 주었다. 준비는 몸과 마음이 맑고 건강할 때 해야만 했다. 바라나시의 화장터에서 이 말을 전해 주고 싶었다. 아들은 적절하게 잘 듣고 있었지만, 그는 너무나 젊고 건강했다.

"물에서 잡혀 나와 땅바닥에 던져진 물고기처럼 마음은 떨며 몸부림친다. 죽음의 손아귀에서 벗어나기 위해."

-『법구경』

## 카스트 여행

인도 여행은 단지 관광지를 찾는 일이 아니라, 시간의 여행이 되기도 하고, 다양한 인종과 생각 속으로의 여행이기도 했다. 그중에서도 특별한 하나의 여행은 카스트 속으로의 여행이었다. 어떤 사람을 마주치고 어울리는가에 따라 카스트 여행은 시작되었다. 대중교통을 이용할 때는 표의 등급에 의해서 브라만(Brahmin, 성직자 계급)이나 크샤트리아(Kshatrya, 무사 계급)를 만나기도 하고, 바이샤(Vaisya, 일반 서민)나 수드라(Sudra, 천민)의 친구가 되기도 했다. 또한, 어떤 숙소에 묵는지에 의해서, 어떤 식당에서 음식을 먹는지에 따라서 카스트 시스템에 익숙한 인도인들의 문화에 상응한 대우를 받았다. 문화적으로 외국 여행자의 카스트는 달리트(천민)나 하리잔(천민, 신의 아들이라는 뜻을 가졌다) 계급에 속했지만 실제적인 대우는 다양하다.

인도에서는 카스트에 의한 차별을 법으로 금지하고 있지만, 카스트는 삶의 깊은 곳에 여전히 유효했다. 여행자의 카스트는 피부색, 태도, 언어, 국적 등으로 가늠되었다. 그리고 가늠된 카스트는 응대하는 그들의 태도와 말투로 표현되었다. 또한, 태도와 말투에 여행자가 어떻게 반응하고 응대하는가에 따라서 조정되기도 했다. 인도인들은 여행자들의 움직임을 언제나 살피고 있었다. 인도인과 이야기할 때는 여유를 가지고, 눈을 분명하게 맞추며, 분명하게 자신의 의사를 힘 있는 목소리로 전달하는 게 좋다. 필요하다면 거리의 싸움 개처럼 허리를 꼿꼿하게 세우고 어깨에 힘을 줄 필요가 있었다. 역이나 버스 터미널의 툭툭 기사들은 카스트가 분명하지 않은 외국 여행객의 태도에 무의식적으로 대응하고 있었다. 작고 어눌한 눈빛에 기어들어 가는 목소리의 외국인은 낮은 카스트로 인식하기 쉬웠다. 반면, 상위 카스트의 태도와 권위를 가진 사람에게는 무의식적으로 몸을 낮추고 대꾸하지 못하는 자신의 관습에 억눌려있는 경우도 있었다. 언어의 능력이 어느 정도의 척도가 되기도 하고, 응대하는 눈빛의 자신감 그리고 말투의 확신 등이 그들의 태도를 변하게 하기도 했다. 물론 때로는 단순히 옷차림도 그들의 태도에 영향을 미쳤다.

한국인들이 나이로 상대와의 상하를 구분하고 나서야 관계가 편해지듯이, 인도인에게는 카스트가 구분되고 나서야 관계가 편해지는 경향이 있다. 우리에게는 양반들의 기호에 맞추어진 유교의 그늘이, 그들은 브라만 계급의 기호에 맞추어진 힌두교의 영향 아래에서 훈련되어 있다. 카스트는 어릴 적부터 교육받아 체질처럼 만들어진 일종의 굴레일 것이다. 이런 굴레는 자아가 제대로 생성되기 이전부터 교육받고 당연시되어 인도인들에게는 자연스럽게 제2

의 DNA가 되어서 자신이 되고 자신을 지배하고 있었다. 물론 그것은 인도만의 이야기는 아니었지만, 인도에서 생각하게 되는 것 중의 하나였다.

우리는 하늘의 거대한 구름 같은 사회 개념이 우리의 일부가 되어 제2의 DNA처럼 행세하고 있음을 잘 인식하지 못한다. 문화에 익숙하다는 것은 그것에 의문을 가지지 않음을 뜻함이다. 한국인들은 개인들이 각자의 이름을 가지고 있음에도 불구하고 계급, 직급, 관계어를 사용해야 편해진다. 그것은 인도의 카스트처럼, 관계에서 항상 어느 정도의 상하 관계를 결정하는 효과가 있다. 상하 관계가 뚜렷하지 않으면 나이를 대입해서 위치를 설정하고서야 비로소 문화의 편안함으로 이동하는 것이 한국인이다.

한 가지 예로, 한국에서 의사는 사회에서 높고 안정된 계급 획득에 성공했다. 그들은 의사라는 전문적인 위치 외에도 그들의 경험이나 인품이나 나이에 상관없이 '의사 선생님'의 위치를 얻어내었다. 검사나 판사 또한 직업을 가지는 순간부터 '영감님'의 카스트 계급을 획득하는 데 성공했다. 여자들은 남편의 카스트를 자연스럽게 수여받는다. 남편의 지위에 따라서 부인의 호칭은 '여사님', '사모님', '아주머니' 또는 '누구네 처'가 된다. 우리는 이런 이름들을 자연스럽게 사용하고 있다.

사람들은 다양한 카스트에 맞게끔 행동하고, 많은 사람은 걸맞게 응대한다. 우리 사회에서는 이것을 예절, 예의 등의 이름으로 불렀다. 우리의 카스트는 인도에 비해 은근하고 암묵적이지만 사회 전반에 걸쳐서 유효하고 또 영향을 미치고 있다.

가한 역시 그 사회의 카스트가 암묵적으로 존재했겠지만, 비교적 자유로운 듯했다.

자기의 사회를 떠나서 자유롭게 떠도는 여행자에게도 굴레는 유효했다. 지배에서 탈출하지 못하도록 얽매는 것은 다름 아닌 자기 자신이었다.

바라나시에서 출발하는 델리행 에어컨 없는 SL의 침대칸은 가난한 카스트의 영역이 되기 쉬웠다. 아니, 나로서는 가난하게 느껴졌지만, 인도에서는 중산층에 속할 것이다. 인도의 가난은 기차에 오를 형편도 되지 못하는 경우가 많았다.

기차 내의 오염된 공기와 화장실 오물의 냄새를 맡으며 만났던 정도 많고 말도 많은 사람들과 짧은 영어로 대화를 나누었다. 어머니가 싸준 짜파티와 마살라를 자랑스럽게 꺼내 먹으며 도시로 향하는 사람들을 만났다. 영어는 못 하지만, 거절에도 불구하고 행상들에게 산 음식을 나누어 건네며 손을 입으로 가져가는 시늉으로 먹을 것을 거듭 요구하는 사내도 만났다. 옛날 한국의 시골에서 만날 수 있는 그런 사람들을 기차에서 다시 만나고 있었다.

철도변 빈터에는 약간의 벽돌과 나무, 색 바랜 비닐 그리고 천 조각으로 건설된 천막집들이 차지한 슬럼 지역이 끝없이 이어지고 있었다. 한국이나 인도나 기찻길 옆은 가난한 사람의 영역이었다.

인도에서의 이동은 여행이 힘들게 느껴지는 주요 이유가 되었다. 영국 식민지 시대에 건설된 철도는 도시를 잇는 주요 교통수단이다. 몬순 때라 일부 도시가 침수되어 열차가 아예 취소되거나 10시간 이상 늦게 도착하기도 했다. 물론 두어 시간 연착은 다반사였다. 낡은 중고 버스와 나쁜 도로 사정으로 도로 이동 역시 믿을 게 못 되었다. 외국인 특별 창구를 만들어서 외국 여행자를 배려해 주기도 했지만, 예약은 쉽지 않았다. 이런 점을 이용해 여행자를 노리는 많은 예약 속임수가 흔했다. 델리를 거쳐 갈 때였다. 우리는 맥그로드 간즈 간의 버스를 공영 버스 정류장에서 직접 예약하기로 했다. 여행사가 가져가는 수수료를 아낄 심산이었다. 공영 버스 정류장으로 가는 툭툭 요금을 흥정하고 있는데, 다른 툭툭 기사가 정부가 운영하는 예약소가 가까운 거리에 있는데 왜 멀리 가느냐고 물었다. 그는 가까운 정부 예약소로 1인당 10루피에 데려주겠다고 순진한 표정으로 제안했다. 뭔가 찜찜했지만, 속는 셈 치고 가보기로 했다. 툭툭 기사가 외국인에게 싼 요금을 제의하는 것 자체가 믿을 수 없는 일이었다. 물론 속임수였다.

도착한 사무실 창에는 정부 예약소라는 문구가 친절하게 붙어 있었고, 예약 창구 직원이 너무 친절했다. 인도의 공무원은 친절을 모른다. 공무원이 친절하고 호의적일 때는 뭔가 이상했다. 그는 표가 아니라 아예 여행 프로그램을 짜 줄 기세였다. 묻는 것만 겨우 대답해 주는 것이 인도 공무원이었다. 물론 가격은 터무니없었다. 그들은 자기 주머니에 들어오지 않는 돈에 무관심했다. 인도의 행정부는 거만하고 비대한 하나의 카스트를 형성해서 자기 주머니를 채우는 조직일 거라고 생각했다. 나는 생각해보겠다고 말하고 돌아 나왔다. 등 뒤 장사꾼의 표정은 보고 싶지 않았다.

우여곡절 끝에 구입한 표로 맥그로드 간즈(McLeod Ganj)로 향하는 정부 운영 볼보 버스를 탔다. 볼보 버스를 타는 순간 카스트의 순간이동이 일어났다. 북인도에서 볼보 버스는 고급버스를 뜻하기도 했다. 버스 안은 에어컨이 추울 정도로 찬바람을 뿜어댔고, 버스의 의자와 창은 멀쩡했으며, 버스 내부는 깨끗이 청소되어 있었다. 사람들은 옷차림이 반듯하고, 몸에 두른 다양한 귀금속이 빛났다. 표정은 무게가 있으며 타인의 눈치를 본 적이 없는 눈빛을 가지고 있다.

그들의 감정 표현은 절제되어 있었다. 한동안 누구도 우리에게 말을 걸지 않았다. 외국인을 살피는 눈도 없었다. 흔한 일이 아니었다. 볼보 안의 인도인들은 힌디어와 영어를 섞어서 이야기했다. 그들은 괜히 웃지 않았다. 웃고 싶을 때만 웃었다. 낮은 카스트의 사람은 달랐다. 웃고 싶을 때도 웃고, 자신이 선량함을 표현하면서 웃고, 복종의 뜻으로 웃고, 불만이 없음을 표현하기 위해서 웃었다. 그래서 그들은 자주 웃었다. 다행스러운 것은 이유가 어찌 되었든 웃으면 행복해진다는 것이라고 생각했다.

영국 영어 발음을 가진 노년의 인도 부인이 말을 걸어왔다. 그녀의 태도에는 익숙한 거만함이 배어 있었다. 아마 그녀는 자신의 태도에 의문을 가져 본 적 없음이 분명했다. 스스로는 우아함이라고 생각하고 있을 수도 있었다. 너무도 자연스러웠다. 그녀가 어디에서 왔냐고 물었다. 우리는 프랑스와 한국에서 왔다고 답했다. 예상치 않은 답이었던 것 같았다. 그녀의 눈이 아들의 얼굴을 다시 훑음을 느꼈다. 어색한 적막이 아주 잠시 흐르고, 그녀는 요즘 인도에도 한국 물건이 많은데, 인건비가 싸서 그런 거냐고 다시 물었다. 그녀의 태도부터 불편함을 느꼈던 나는 그녀의 말에 억지로 동의하면서, 한국에는 최저임금이 2,000달러 정도밖에 안 된다고 불평하듯이 말해 주었다. 그리고 2,000달러의 저임금 노동자들이 만든 한국 물건들이 인도에서 팔리고 있을 거라고 덧붙였다. 나는 그것이 대부분의 인도인에게는 엄청난 수준의 임금임을 잘 알고 있었다. 믿을 수 없다는 표정이 그녀의 얼굴에 뚜렷했다. 많은 인도인은 서양인들을 어렵게 대하는 반면에 동양인을 낮추어 보는 경우가 많았다. 그리고 세상 물정에 어두운 사람도 많았다. 그녀는 이내 머리를 돌리고 더 이상 물어오지 않았다. 남루한 여행자 차림의 두 동양인의 친절하고 예의 바른 응대를 예상했는지도 모르겠다.

SL 클래스 기차의 고단함에 지친 우리는 버스의 시원함에 곧 잠들었다. 버스에서는 드라마가 방영되고 있었다. 인도어에 아마 소음이라는 단어는 없을 것이라고 생각했다. 고급 버스에서도 역시 조용함은 기대할 수 없었다. 서양인의 얼굴을 가진 드라마의 주인공들은 힌디어와 영어를 섞어서 사용하고 있었다. 인도인들은 한때 자신을 지배했던 영국인들의 모습을 닮고 싶어 하는 것 같았다. 드라마는 로맨스와 폭력을 버무린 뮤지컬 같았다. 이야기가 전개되다 다 같이 어울려 노래하고 춤추었다. 텔레비전 소음은 잠을 깨우고, 피로는 다시 잠을 재웠다. 우리는 껌벅거리는 백열등처럼 자다 깨기를 반복하고 있었다.

# 맥그로드 간즈

**M c l e o d  g a n j**

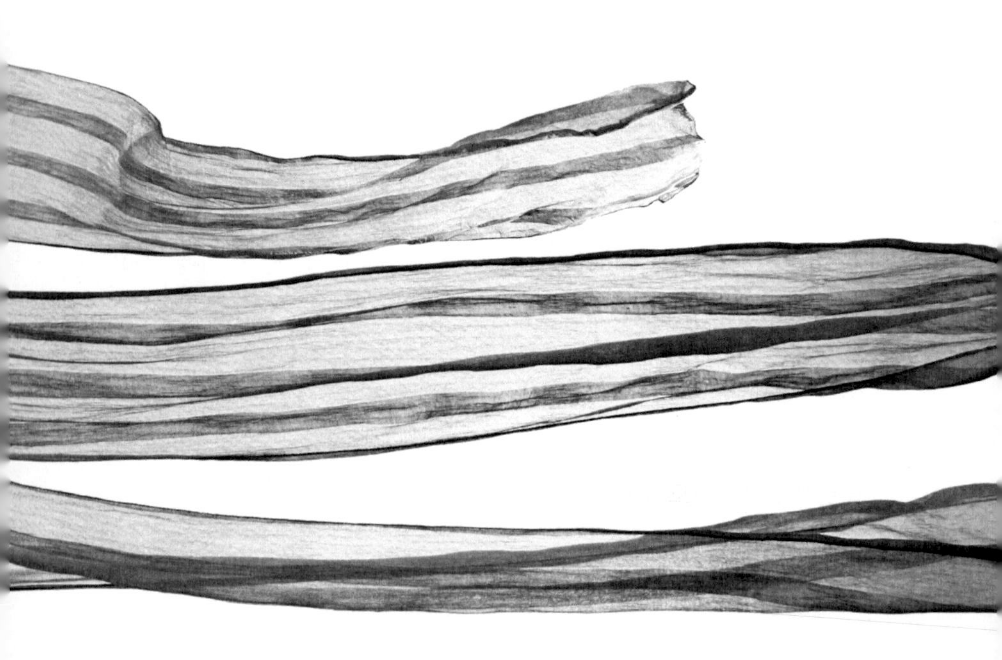

## 맥그로드 간즈를 향하여

맥그로드 간즈를 향하는 우기의 도로는 위태로웠다. 산사태가 나고, 곳곳에 길이 끊어지고, 도로가 유실되었다. 때때로 상태가 양호한 도로를 만나면 버스는 중앙선을 넘나들며 곡예를 했다. 그나저나 우리는 버스에 목숨을 맡기고 체념하고 있었다. 도로 위에서 편할 수 있는 유일한 존재는 차도, 사람도, 신도 아니었다. 그것은 소들이었다. 난디(Nandi, 소의 모습을 한 신, 시바신의 운송수단이다)는 거리를 여유 있게 배회하기도 하고 도로 위에서 잠들기도 했다. 인도의 소들은 트럭도 세우는 영험한 힘을 가지고 있었다. 인도에서의 이동은 참을성과 담력을 키우는 수행 과정이라고 믿어 보려고 스스로에게 억지를 부렸다. 하지만 어지간한 참을성과 담력마저 서서히 체념으로 바뀌어 갔다.

맥그로드 간즈에 도착하면 가장 하고 싶은 것이 무엇인지 아들에게 물었다. 밤 주행이 지겨워질 때쯤이었다. 이동 내내 먼지, 공해, 화장실의 지린내 그리고 인도인들의 진한 체취 속에서 두 밤과 두 낮을 보내고서도 우리는 씻지를 못했다. 나는 아들이 비누 냄새가 진하게 풍길 정도로 씻고 싶다고 말할 거라고 예상했다. 하지만 "소음에서 벗어나고 싶다."라고 그는 대답했다. 그리고 악몽을 꾸지 않고 잠들고 싶다고 보탰다. 다시 나의 예상이 빗나갔다. 마음이 안쓰럽게 저려 왔다.

1905년, 식민지 영국의 여름 휴가지이자, 군사 지역이기도 했던 인도 캉그라 카시미어(Kangra Cashmere) 지역과, 맥그로드 간지가 위치한 다람살라(Dharamsala)에 대규모 지진이 일어났다. 부딪혀서 끊임없이 상승하는 히말라야산맥이 꿈틀거린 것이었다. 아침 일찍 발생한 지진은 도시를 폐허로 만들었다. 수많은 사람이 죽고 다쳤다.

1950년 10월, 인도 히말라야산맥 건너편 티베트(Tibet)에 중국 인민 해방군이 침입해 들어왔다. 군은 티베트를 점령하고 식민지로 만들었다. 이에 저항하는 1959년의 티베트의 봉기가 실패하자, 달라이라마 14세를 포함한 많은 티베트 사람이 조국을 뒤로하고 차가운 산맥을 넘어서 인도로 망명하였다. 많은 사람이 죽고 다쳤다.

인도 정부는 반세기 동안 버려졌던 맥그로드 간즈를 난민들에게 피난처로 제공했다. 이후, 맥그로드 간즈에 티베트 임시 정부가 들어서고, 달라이 라마의 공식 거주지가 되었다. 이렇게 산맥의 양쪽에 생긴 두 개의 비극(悲劇)은 산 위의 작은 도시, 맥그로드 간즈를

'작은 라싸(Lhasa, 티베트의 수도)'로 만드는 결과로 이어졌다.

재건된 도시에서는 만남이 일어났다. 폐허에 정착한 티베트 사람들과 낯선 땅을 헤매던 서양인들의 만남이었다. 물질문명과 개인주의에 지친 서양 여행자들과 나라를 빼앗겼지만, 자신들의 종교와 정신세계를 오롯이 간직한 난민들이 폐허 위에 세워진 작은 도시에서 생겨난 만남이었다. 그것은 우연이기도 했고 필연이기도 했다. 두 개의 사건으로 폐허 위에 남겨진 피폐해진 난민들과 간절한 위안을 찾아서 방황하는 여행자들의 만남은 예상된 것은 아니었지만, 만남은 서로의 필요를 충족하는 당연한 결과였기 때문이다. 나라와 삶의 근간을 빼앗겨버린 티베트인에게는 서양인들의 경제적 원조와 정치적 후원이 위로와 힘이 되었다. 그리고 티베트의 신앙과 정서는 서양인들의 삭막해진 삶과 마음을 보듬어 주었다. 관계는 세월이 지났지만, 여전히 맥그로드 간즈에서 엿볼 수 있었다.

작용에는 부작용이 있기 마련이다. 인간 세상은 행복과 불행을 엮은 그물 같았다. 부작용이 인식되기 시작한 것은 그로부터 한참 후였다. 재건의 동기가 강한 티베트인은 의식주를 해결하고 물질을 구하기 위해 열심히 일했다. 서양의 언어를 배웠다. 또한, 서양 사람들의 문화를 이해하고 받아들이는 것을 주저하지 않았다. 젊은 세대 티베트인들은 더욱 그랬다.

도시를 유심하게 살펴보면 기성세대와 젊은 세대의 틈이 크다는 것을 알 수 있다. 스냅백(snap-back) 모자에 청바지를 입은 청소년들이 재밋거리를 찾아서 헤매는 모습을 본다. 도시에는 마시고 취할 곳들이 흔했다. 또한, 마약에 취하기도 했다. 이것은 마니차(불교 경전이 들어 있는 원통형 불교 도구. 문맹을 위로하기 위해 고안된 도구로 한 번 돌리면 한 번 경전을 읽는 것과 동일하다고 믿었다)와 염주를 돌리며 코라(사원의 주변을 도는 순례)를 도는 티베트 노인들의 경건한 아침과는 너무나도 이질적인 것이었다.

가치관의 충돌은 갈등을 초래한다. 갈등은 걱정을 낳았고, 사람들을 분열하게 만들었다. 갈등이 어떻게 봉합되고 치유될지 예측하기 쉬운 것은 아니었다. 가치관의 충돌은 많은 나라에서 일어나고, 또 인간 삶에서 일상적인 일일 수도 있었다. 현대 대한민국에서 정치 성향 간, 세대 간, 빈부 간의 갈등은 심각하게 느껴졌다. 물론 이것은 우리나라만의 상황이 아니다. 많은 다른 나라도 봉합하기 힘든 갈등으로 힘들어한다는 뉴스를 매일 같이 듣는다. 다양한 사람들이 다양한 생각을 가진다는 것은 당연한 것이다. 갈등을 해소할 수 없다면, 당연한 것을 당연하게 받아들이는 게 갈등과 그에 따르는 고통을 줄이는 일일 것이지만, 그마저도 쉽지 않았다.

나는 여기 티베트인들이 위안을 찾는 부처의 가르침에서 해결법을 생각해 보았다.

- 정견(正見): 바르게 보기
- 정사유(正思惟)·정사(正思): 바르게 생각하기
- 정어(正語): 바르게 말하기
- 정업(正業): 바르게 행동하기
- 정명(正命): 바르게 생활하기
- 정정진(正精進)·정근(正勤): 바르게 정진하기
- 정념(正念): 바르게 깨어 있기
- 정정(正定): 바르게 삼매(집중)하기

바르게 보고, 바르게 생각할 수 있음은 수행의 완성일 것이다. 하지만 사람들은 너무 일찍 자신들이 바르게 보고 바르게 생각한다고 믿었다. 이런 조숙한 믿음은 자신을 바라볼 기회를 잃게 했다. 바르게 정진하기, 깨어있기. 현재를 살아가는 대다수의 사람이 얼마나 자기 생각과 믿음을 살피고 깊은 사고를 하는가에도 의문을 가진다. 스스로 일과 일상으로 바쁘다고 믿는 현대인들은 인터넷에 떠도는 축약되고 편협한 정보들을 대충 훑으며 세상을 이해한다고 믿었다. 특히 자신이 좋아하고 신뢰하는 한쪽의 정보만 무한히 제공하는 인터넷의 정보 제공 방식은 바른 정진이 아니라 확증 편향만 키우고 있다는 의심이 들었다.

물론 앞에 열거한 사항들은 실천하기가 쉽지 않음을 잘 알고 있다. 하지만 바르게 집중하고, 말하고, 행동하고, 생활하기 정도라도 어느 정도 지켜진다면 갈등은 많이 완화되리라고 생각했다. 자기와 가치관이 다른 사람의 이야기를 경청하고, 예의 바르게 자신의 의견을 표현하고 행동한다면, 또는 다른 사람의 감정을 배려한 삶을 산다면 어떨까. 이런 것들은 일상에서 의지만 있다면 가능할 일일 것이다. 그러면 최소한 가치관이 다른 사람에 대한 혐오나 증오는 피할 수 있지 않을까. 경청하고 존중하는 말, 행동, 생활은 종교적 수행 이전에 윤리적 삶의 기초일 것이다.

요즘 사회에서 높은 지위나 명성을 가진 사람들이 방송이나 신문에서 사용하는 거칠고 감정적인 말들을 들으면서 어쩌면 인류가 정신·문화적으로 발전해 나간다는 믿음에 의심을 가지게 된다. 2600년 전 인도의 사람들이 깊이 공감했던 부처의 8개 수행 중 어느 하나라도 제대로 지키면서 사는 사람들이 드물어졌다는 생각 때문이다.

내가 좋아하는 레몬 소다를 마시며 가한과 이런 생각을 나누었다. 탄산음료를 마시던 가한도 레몬 소다를 즐기기 시작했다. 레몬즙을 짜 넣은 소다수는 신선하고 깔끔하다는 데 동의했다. 이런 시시한 것에 동질감을 부여하는 것은 둘 사이를 이어줄 혈연 외에는 다른 요소들이 부족하기 때문일 것이다.

## 곰파에서

가한과 티베트 곰파(사원, 절)에 들렀다. 콘크리트로 건물에 회칠을 한 곰파에는 정성스럽게 장식된 목재 창들이 사방으로 열려 있었다. 창의 장식은 검은색, 흰색 그리고 노랑의 천으로 마감했다. 사원으로 가는 길의 마니차(경전이 들어 있는 회전 원통)는 앞서간 누군가의 힘에 의해 여전히 돌거나, 다음 사람의 손결에 다시 돌려지기를 기다리고 있었다. 타르초(불교 경전이 쓰여 바람에 날리는 오방색 천)는 항상 바람만큼 적절히 휘날리고 있었다. 어쩌면 타르초는 바람의 드러난 모습일 수도 있었다. 오늘도 바람과 타르초는 부처의 가르침을 날랐다. 향과 버터 램프 타는 냄새가 곰파를 감싸고 있었다.

스스로를 지켜보고 일어나는 생각과 감정을 관찰하는 것은 낯설고 생소한 일이었다. 적어도 내가 살아가는 세상에서는 그랬다. 가한의 세상도 다르지 않았다. 우리는 한 번도 제대로 대면하지 않은 '나'를 잘 안다고 막연히 생각하고 산다. 이 땅의 사람들은 달랐다. 그들의 전통에서는 자신을 탐구하는 일이 권장되고 당연시되었다.

티베트 스님들의 깊고 묵직한 독경 소리를 들으면서, 가끔은 나직하게 대화를 나누며 생각을 소화했다. 소가 여물을 되새기듯이. 그러다 어느 시점에는 가끔 모든 것을 잊고 독경 소리에 집중했다. 나는 뇌가 하는 일에 굳이 간섭하지 않았다. 사실 억지로 생각을 정리하려다 생각이 더 꼬이고 복잡해지는 일이 허다했다. 그럴 때는 마음을 중력에 맡겨두고 뇌가 하는 일을 방조하는 것이 효과적이었다. 그것은 꿈이 하는 일과 닮아있다.

가한에게 허리를 꼿꼿이 세워서 앉는 법을 알려주었다. 몸의 중추를 바르게 하는 것은 어리석음을 피하는 좋은 방법이었다. 몸이 바른 사람의 마음에는 헛된 마음이 들지 않았다. 그렇게 생성된 고요한 마음에서 자란 생각들은 어리석기 힘들었다.

비가 내렸다.

안개가 사원을 가득 채우자 시야가 흐려졌다. 사미승이 찻주전자를 들고 다니며 차를 제공했다. 차를 받기 위해서는 컵이 필요했다. 우리는 컵이 없었다. 컵을 가져왔으면 하는 생각을 했다. 가한도 동조했다. 비는 그치길 원하지 않았다. 때로는 컵 하나가 간절했다.

비가 그치길 바랐다. 그래도 비는 계속 내렸다. 우리의 바람과 상관없이 자연이 관장하는 것이었다. 그것이 보편적 상식이라고 생각했다. 그렇다고 모든 사람이 그렇게 생각하는 것은 아니었다. 티베트에는 날씨를 바꾸는 사람들이 존재했다. 본(bon) 주술사(oracle)들이었다. 그들은 주술로 날씨를 조절할 수 있다고 했다. 주술에는 죽은 스승의 내공이 집중된 큰 허벅지 뼈로 만든 지팡이를 매개체로 사용했다. 가끔은 진실과 믿음 사이에 많은 간극이 있음을 알지만 때로는 믿음 자체가 진실이기도 했다. 달라이 라마를 보좌하는 주술사도 있다고 알려져 있다. 그들은 미래를 예측하고 통찰력 있는 조언이나 예언을 해 주기도 한다. 티베트 불교는 전통 종교인 본(bon)의 전통을 여전히 간직하고 있었다.

보편적 상식 또한 진리가 아닐 수도 있었다. 보편적 상식은 지식과 믿음에 갇혀있었다. 진리를 품기에는 보편적 상식이 때로는 걸림이 될 수도 있었다. 여전히 세계 인구 중 많은 사람이 날씨는 신이 관장하는 영역이라고 믿고 있었다. 신과 멀어지지 않은 사람들의 지역에 와서, 우리들의 보편적 상식이 당연하다고 고집하고 싶지는 않았다.

2003년, 나는 인도의 리시케시의 거리를 걷고 있었다. 나의 손에는 PD150이라는 6㎜짜리 방송용 비디오카메라가 들려있었다. 나는 그 시절 인도 수행자들을 관찰하고 촬영하고 있었다. 큰 나무 아래에서 고요한 눈을 가진 사두가 나를 불러 세웠다. 그리고 이런저런 이야기를 나누었던 것 같다. 그는 문득 나에게 인도에는 많은 비가 올 때, 하늘에서 물고기가 떨어진다고 말했다. 나는 한국에도 큰비가 내릴 때 미꾸라지가 떨어진다는 말을 들었다고 말을 받았다.

푸른 하늘이 아름다운 맑고 청명한 날이었다. 우리는 큰 나무 그늘에 앉아있었다. 그는 가부좌로 편하게 앉았고, 나는 쪼그려 앉았다. 갑자기 엄청난 바람이 불었다. 주위의 큰 나뭇가지가 꺾여서 떨어졌다. 소 한 마리가 겁에 질려 내달렸다. 쫓기는 소의 눈에는 핏기가 서려 있었다. 먼지가 바람의 속도로 일어나고 날렸다. 그리고 5분 후, 모든 것이 다시 고요한 맑은 날씨가 되었다. 수행자는 여전히 편하게 앉아 있었다. 사두를 촬영하던 나는 모든 과정을 카메라에 담았다. 어리둥절한 마음은 이런 것이 모두 수행자의 마법(magic)이라고 믿고 싶어 했다. 하지만 나는 아무것도 이해하지 못했다. 흔하지 않은 날씨 변화일 수도 있었다.

진정 나를 놀라게 한 것은 숙소에 돌아와 먼지 덮인 카메라를 청소할 때였다. 먼지도 들어가기 힘든 정밀한 방송용 카메라 렌즈 속에 한 마리의 거미가 살아서 움직이고 있었다. 혼란스러웠다. 나는 내가 모르는 것이 너무 많다는 것을 인정해야 했다.

## 트리운드를 오르다

비는 그치지 않을 것이다. 우리는 비속에 트리운드(Triund)를 오르기로 했다. 비를 그치게 하는 능력은 없었지만, 맑은 날씨 속에서 산행하고자 하는 마음을 바꾸는 것은 가능했다. 비를 멈추게 하는 것보다 빗속의 산행을 즐길 마음으로 바꾸는 것이 우리가 할 수 있는 능력이었다.

트리운드는 맥그로드 간즈에서 4시간 정도의 걸음으로 도착할 수 있는 해발 2,850m의 언덕이다. 언덕에 올라서면 눈 덮인 히말라야산맥들이 파노라마처럼 펼쳐진다. 그곳은 아들에게 보여 주고 싶은 6년 전 나의 흔적이 있는 곳이기도 했다.

다람콧(Dharamkot)을 지나 숲으로 들어오니 인도에서 흔하지 않은 정적을 만났다. 인도는 다양하고 많은 것을 가진 나라지만, 정적은 귀하게 만나는 곳이었다. 거센 비는 힘들게 만난 정적을 보장해 주었다.

파리의 외곽에 위치한 인구 2,000여 명의 작고 조용한 도시에서 자란 아들에게 조용함은 물고기의 물과 같은 것이었다. 그는 육지에 올라온 물고기가 물을 그리워하듯이 조용함을 그리워했다. 그리고 밤잠을 설쳤다. 아들은 아침의 새들이 싫다고 말을 보탰다. 그의 작은 도시는 새들의 지저귐으로 아들의 아침을 깨웠다. 아들은 아침잠이 많았다. 그는 끊임없이 침범하는 소음의 폭력에 지쳐갔다. 자주 조용한 곳을 찾았다.

숲에 들어서면서 사람 소리, 경적, 질 나쁜 스피커에서 흘러나오는 음악 소리가 멀어져 사라졌다. 가한은 안도하고 있었다. 침엽수림이 비에 젖고 있었다. 우리도 같이 젖고 있었다. 인도인들에게는 히말라야는 신의 영역이다. 히말라야는 사람의 영역이 아니기에 깨끗하고 순수하며 영원할 것 같이 생각되었다. 신들의 영역이 더욱 아득해 보였다. 구름이 산보다 더욱 짙고 커버렸기 때문이었다. 물길이 되어버린 산길만 따라서 올랐다. 우리는 신과 인간의 세계를 연결하는 길을 빗속에서 걸었다.

인도의 비는 한국의 비와 다르지 않았다.

내린 비는 대지를 적셨다. 그리고 낮은 곳으로 흘렀다. 절벽을 만나면 두려움 없이 몸을 던져 아래로 부서졌다. 사념하지 않는 물은 고통이 없었고 고통이 없는 것은 두려움을 몰랐다. 생각해 보면 물은 부서지는 존재가 아니었다. 단지 흩어지고 모일 뿐이었다. 우리는 물이 가는 길의 반대 방향으로 올랐다.

비와 땀이 몸속까지 스민 채 도착한 신들의 세상은 짙은 안개 속에 숨어 있었다. 흰 물결처럼 연결되는 설산의 파노라마는 볼 수 없었다. 6년 전, 매일 이곳에서 아침을 맞았다. 감각을 자극할 빛도, 소리도 들어오지 못했던 나의 동굴을 아이에게 보여 주고 싶었다. 맥그로드 간즈의 투시타 곰파에서 명상 수행 과정(meditation course)을 마치고, 나는 트리운드로 올랐다. 도시의 번잡함을 벗어나 트리운드의 동굴에서 명상을 지속했다.

그때 동굴의 하늘에는 독수리들이 많았다. 가끔 낮게 나는 독수리는 하늘의 장막같이 컸다. 히말라야의 독수리는 창공에 핀으로 고정된 듯이 머물다 커다란 원을 그렸다. 그리고 추락하듯이 숲으로 낙하했다. 강렬한 태양이 독수리 위로 빛나고 있었다. 얼굴이 까맣고 긴 꼬리를 가진 랑구르(langur) 원숭이들이 동굴 밖 나뭇가지 위에서 나를 지켜보았다. 그들은 호기심이 많았지만, 인도의 도시를 배회하는 붉은 털 원숭이보다 강하고 침착한 눈을 가지고 있었다.

비가 오면 산의 개들이 비를 피해 동굴로 찾아들었다. 하지만 나의 자리를 침범하지는 않았다. 비가 그치면 개들은 밤의 실례를 사과하듯이 머리를 숙이고 동굴을 걸어 나갔다. 까마귀는 낯선 자를 기어코 살펴야 했다. 얼굴이 익을 때까지 그들은 나를 관찰했다. 까마귀의 작고 검은 눈에는 항상 뭔가를 살피고 생각하는 호기심이 가득했다. 그들은 생각하는 눈을 가져서 가끔 나를 두렵게 했다. 검은 곰들이 밤을 지나 새벽을 배회한다고 했다. 그들과 만날 일이 없어 다행이라고 생각했다. 양치기들이 가끔 계곡 아래에서 검은 곰이 마을 사람을 공격했다고 전해 주곤 했다. 언덕 초원에는 양치기들이 양과 염소를 먹이기 위해 머물고 있었다. 언덕의 풀을 다 먹이고 나면, 그들은 설산을 넘어 산의 뒤편 초원으로 이동했다. 설산의 사면을 양과 염소를 몰고 넘어가는 그들의 모습은 위태로웠다. 가끔 찾아오던 양치기가 설산을 향해 떠나면서 나에게 하누만을 상징하는 금속 링 팔찌를 건네주었다. 그가 항상 차고 있던 것이었다. 양과 염소들이 그들 뒤따르고 있었다.

언덕 정상부에 위치한 수닐의 찻집을 찾았다.

그곳은 내가 가끔 들려서 식사를 해결하고 차를 마시던 곳이었다. 내가 그려준 찻집 간판이 여전히 그곳에 달려있었다. 양철판 위에 언덕에서 보이는 흰 산들과 크리슈나의 소라고둥을 공업용 페인트로 그려 넣었다. 위에는 "수닐의 찻집에 온 것을 환영한다."라고 적어 넣었다. 그림은 안개 속 신들의 영역을 보여 줄 유일한 자료가 되어주었다. 아들은 간판 옆에서 사진을 찍었다.

수닐은 돈을 벌어 박수(bucksu) 계곡에 카페를 차려 내려갔다고 했다. 이제 결혼해서 딸아이도 가지고 있다고 전해 주었다. 이제 찻집은 그의 사촌이 운영하고 있었다. 흐른 세월이 많은 변화를 만들어 놓았다. 동굴도 찾아갔다. 동굴 앞쪽으로 천막을 덧대어 누군가 찻집으로 만들어 놓았다. 동굴 안에는 내가 그려놓았던 부처의 얼굴이 여전히 바위 한 면에 남아있었다.

사실 동굴은 내가 잠시 머물다 간 곳이지만, 여전히 나의 동굴이라고 부르고 있었다.

아들에게 나의 흔적을 보여 주고 싶었다. 그것은 특별하거나 자랑스러운 것이 아니었지만, 나의 아버지가 소주 한잔 깃들이며 옛이야기를 되풀이해서 말씀하셨듯이 나의 흔적을 통해 아들에게 기억되기를 바라는 본능적인 일이 아니었을까 생각했다. 아버지는 아들에게 기억되고 싶어 했다. 생물학적 유전을 거듭하고 있는 아이에게 기억까지 공유하고 싶은 욕심이었을 것이다. 아이는 동굴의 그림을 손전등으로 비추어 주었다.

동굴의 생활은 투병과 죽음과의 대면 후 생겨난 질문과 마음에 대해 사유하는 과정이었다고 말해 주려고 준비하고 있었다. 긴 투병과 뉴질랜드의 대학에서 공부한 마음의 병이라는 주제는 여전히 마음속에 질문을 더하고 있었다. 그러나 그는 묻지 않았다. 침묵했다. 나는 준비한 대답을 하지 못했다. 침묵했다. 묵묵히 걷는 것은 나쁠 것이 없었다.

## Good luck

여행의 중반을 넘어서자, 둘만이 공유하는 '인디언 핫 샤워' 같은 언어 표현이 늘어났다.

예를 들면 'a good student' 같은 표현이다.

부다가야의 여래 선원에 들렸을 때, 우렁찬 목소리로 복창하면서 공부하는 학생들을 만난 후에 생긴 표현이었다. 복창 소리는 교실을 넘어서, 복도 그리고 학교 담을 넘고 있었다. 이후 우리는 큰 목소리 내는 인도인을 'a good student'라고 불렀다.

다른 하나는 'very nice' 또는 'good luck'이었다. 인도에서는 예상하거나 예상하지 못한 불편과 어려움을 자주 만났다. 그럴 때마다 우리는 "very nice." 또는 "good luck."이라고 말하며 서로 눈길을 맞추고 웃었다. 긍정과 상호 위로의 뜻을 잘 담고 있었다. 우리는 인도의 환경에 잘 적응하고 있었다. 우리만의 언어 표현을 가진다는 것은 기쁜 일이었다. 그것은 우리 사이에 유대감과 친밀감이 자라고 있다는 뜻으로 나는 해석하였다.

바라나시 구시가를 걷다가 'good luck'을 만났던 기억이 났다.

길가에 질러 놓은 누런 똥을 밟은 것이었다. 슬리퍼의 얇은 밑창을 넘어서 발에 흠뻑 묻은 오물을 씻기 위해 물을 구했다. 건너편 건물의 계단에 앉아 마리화나를 피우던 '까시(바라나시의 옛 이름)'의 청년들이 나의 모습을 지켜보고 있었다. 불량해 보이는 한패의 청년들이었다. 그중 한 청년이 근처 작은 잡화점에 일하는 아가씨에게 부탁해서 물 한 바가지를 내어주었다. 마리화나에 취한 청년들의 입에 커다란 웃음이 걸려있었다. 발을 씻어내자, 청년은 피우던 마리화나를 건네며 나와 가한에게 내밀어 권했다. 가한이 머뭇거리는 동안, 나는 예절 바르게 거절했다. 우두머리로 여겨지는 청년은 "한 대 피우면 세상이 행복해지는데 안 피울 이유가 없다."라며 달관한 표정으로 다시 내민다. 이런 식의 대화엔 적당한 답이 필요했다. 그리고 나는 그들의 신세를 지고 있었다. 나름의 철학에는 다소 철학적 답이 적절했다. 나는 조건에 기대어 행복을 바라면, 조건이 사라지면 행복도 사라질 것이라고 말을 받았다. 그리고 마리화나에 기대지 않아도 충분히 행복하다고 보탰다.

청년은 내 말에 동의하며, 박장대소했다. 그의 감정은 많이 과장되어 있었다. 아마 마리화나가 그의 감정 표현에 영향을 주었을 것이다. 마리화나는 마음을 차분하게 하고 유쾌한 기분을 증폭하는 효과가 있었다. 나는 그가 나름 괜찮은 건달이라는 느낌을 받았다.

긍정과 위로의 공유어 'good luck'이 재미있는 젊은이들을 만나게 한 행운이 되었다.

인도에서 수행자의 대마 사용은 법에 저촉되지 않는 수행 문화로 인정된다. 갠지스강 강변의 나가 사두들이 그들을 찾은 사람들과 칠럼을 나눠 피우는 모습은 흔하게 만났다. 그들은 차분히 가라앉은 마음으로 서로의 말과 눈빛에서 다사나를 구했다. 대마는 시간의 흐름과 생각의 번잡함을 느리고 깊게 붙잡았다. 그리고 감각의 흐름에 집중하게 만드는 효과가 있다. 시간과 생각의 흐름이 늦어지면서 더욱 명료해진 감각기관들이 마음의 현상들을 섬세하게 살피게 해 주었을 것이다. 고요하게 멈추어 따뜻하게 관찰하는 모든 것에 다사나는 항상 존재했다. 다사나는 고요한 마음이 비추어지는 모든 대상이었다. 다사나는 거울에 비추어진 청정한 자신의 마음이었다.

그래서 다사나는 언제 어디에나 존재했다. 바람 한 점 없는 맑은 호수 속처럼 마음이 고요해지면 다사나는 천천히 떠올랐다. 아니, 다사나는 항상 어디든지 있었다. 단지 호수같이 고요한 마음으로 볼 수 있었다. 마리화나는 마음을 차분하게 해 주는 매개체였지만, 마음이 마리화나라는 물질에 기대는 것은 조건 붙은 선물을 받는 일이라고 생각했다. 나는 마음을 파블로프의 개(고전적 조건 형성 실험)로 훈련시키고 싶지는 않았다.

아들과 자주 조용한 곳을 찾았고 자주 오래 앉았다. 허리를 바로 세우고 호흡을 깊게 하며 시선을 고정했다. 마음이 마음을 다스려 고요해지는 효과가 있었다. 마음의 파도가 천천히 가라앉고 생각이 숨을 죽이자 명확하게 보이기 시작했다. 그리고 '다사나'가 떠올랐다.

아들이 '다사나'를 이해한 것은 하누만 사원에서부터였다고 생각된다. 그는 조용히 앉는 일에 적극적으로 동조해 주었다. 매일 악몽을 꾸는 아들은 마음이 하는 일에 관심이 많았다.

# 마날리

**Manali**

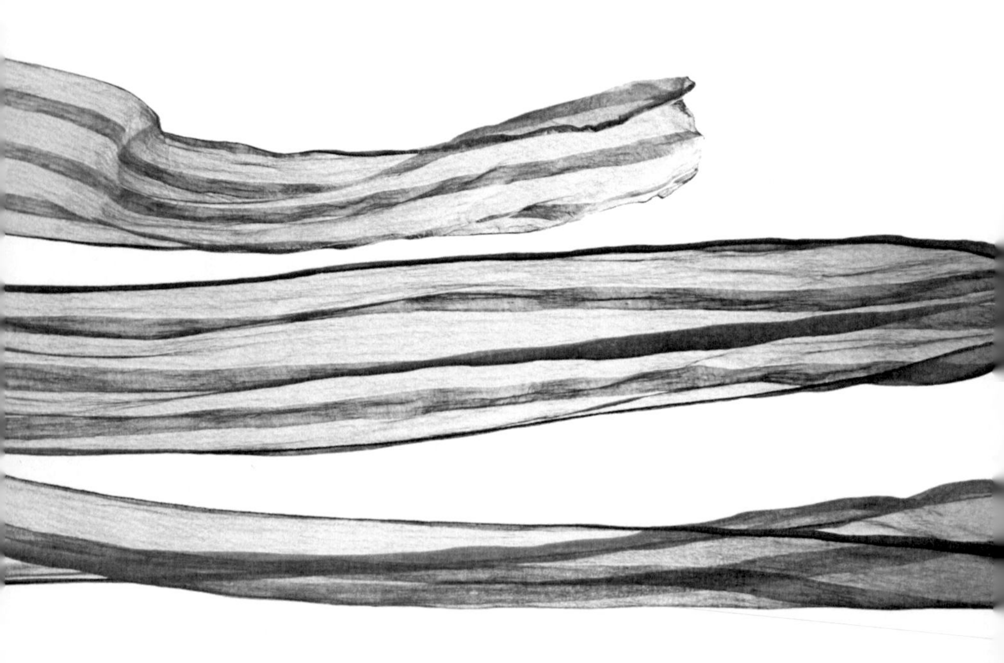

## 마날리를 향해서

마날리행 완행버스에 몸을 실었다. 버스는 발악하는 소음을 내며 천천히 운행했다. 그리고 자주 술 취한 사람처럼 비틀거렸다. 우리는 낭떠러지 경계를 간신히 밟고 지나는 낡은 바퀴와 중앙선 너머로 마주 달리는 차량에 질겁하는 순간들에 익숙해질 즈음에서야 가족 이야기를 나누었다. 전쟁 같은 혼란에도 익숙해질 수 있는 건 인간의 영험한 능력이었다. 체념도 능력에 들어간다면 그랬다.

가족은 안전과 행복을 나누는 친밀하고 강한 유대감을 가진 조직이다. 하지만 그런 조직이라도 고통의 원인이 되는 것은 피할 수 없었다. 아니, 그런 조직이라서 더욱 고통이 커져 보이기도 했다. 남이라면 고려의 대상도 되지 않을 소소한 일들과 일어나지 않은 일까지 상상해서 우리는 걱정을 만들어가며 살았다.

법대를 졸업한 딸아이는 룩셈부르크에 좋은 일자리를 구했다. 이전 직장에서 만난 남자친구와 룩셈부르크로 이사해서 가정을 꾸밀 것이라고 말해 주었다. 사랑에 빠진 딸아이, 가뉘는 행복해하고 있었다. 나 역시 딸아이의 행복이 기뻤지만, 한편으로 성공적이고 행복한 삶을 시작하는 딸아이까지 걱정하는 우둔한 상상력을 발휘하고 있었다.

딸아이의 남자친구 말릭(Malik)은 알제리 출신 가정에서 태어난 프랑스인이다. 그는 무슬림이며 컴퓨터 관련 일을 한다고 들었다. 카카오톡을 통한 사진 두어 장과 딸아이의 메시지 몇 줄로 그를 만났다. 걱정이라는 게 그랬다. 몇 줄의 짧은 문장과 약간의 선입견 그리고 상상력만 동원하면 얼마든지 만들 수 있었다. 딸아이에 대한 사랑이라는 배경만 있으면 되었다. 나는 그들이 새로운 가정을 잘 꾸릴 것인지, 종교 문화적 차이를 잘 조율할 것인지, 새로운 나라에서 잘 적응할 것인지 등을 걱정했다. 다행인 것은 버스가 가끔 가슴 쓸어내릴 정도로 뒤뚱거렸다는 것이다. 위험이 감지된 순간 걱정은 쉽게 잊혀졌다. 모든 것은 생각 속에서 만들어지고 생각 속에서 부서졌다.

계속 내리는 비로 거칠어진 강을 따라 낡은 버스는 한참을 달리고 또 달렸다. 흙탕물이 제방을 할퀴고 지나가고 있었다. 높은 언덕들과 도시들을 지나고, 작은 마을들과 곡식이 자라는 논과 밭을 지나 멀고 험한 길을 달린 버스보다 내가 더 지쳐갈 즈음 마날리(Manali)에 도착했다. 강을 따라서 호텔, 카페, 식당들이 자리 잡았다. 강은 그들 앞을 거칠게 흐르고 있었다. 짙은 침엽수림의 색감이 더욱 깊어 보였다. 차창 사이로 숲 향기가 바람을 타고 들어왔다. 마날리에는 인도에서 보기 힘든 오래된 침엽수림이 있었다.

## 비를 피해서

인도에도 노아의 방주 이야기처럼 대홍수가 있었다.

이야기를 간단히 전하면 이렇다. 고대 국가의 왕이었던 마누(Manu)는 말라 가는 웅덩이에서 물고기 한 마리를 구해서 키우고 있었다. 물고기가 큰 물이 필요할 만큼 자라자 왕은 고기를 바다로 데려갔다. 고기는 마누를 떠나 바다로 들어가기 전에 세상을 파괴할 대홍수가 올 것이니 준비하라는 말을 전해주고 떠나간다. 이야기 속의 물고기, 마츠야(Matsya)는 비슈누의 아바타였다. 그날 이후, 마누는 배를 짓고 홍수 후 재건할 세상에 필요한 것들을 준비한다. 그리고 마침내 대홍수의 날이 오자 그들 돕기 위해 돌아온 거대한 물고기 마츠야의 뿔에 배를 묶고 7명의 성자와 안전한 산의 정상에 도착한다. 그렇게 도착한 곳이 마날리였다.

맥그로드 간즈에서 홍수가 날 듯이 내리던 비는 마날리에 도착하자 잦아들었다. 우리는 홍수를 피해서 온 마누처럼, 몬순의 비를 피해서 마날리를 통해 라닥의 레로 향하는 중이었다.

버스에서 내리자 통과의례처럼 여리꾼들이 호객을 위해 다가왔지만, 실랑이하기에는 너무 지쳐있었다. 많은 여행자로 붐비는 뉴마날리의 광장 벤치에 배낭을 던지듯이 내리고 앉았다. 휴식이 간절했다. 이번에는 아유베다 마사지를 권하는 사람들과 풍선을 파는 상인이 다가왔다. 광장에서 휴식을 바라는 것은 어리석은 일이었다. 그렇게 마날리의 첫날이 피곤하게 시작되고 있었다.

마리화나 냄새가 스며드는 객실에 피곤한 몸을 뉘였지만, 휴양지의 밤은 늦게까지 깨어 있었다. 느슨한 나무창이 향한 뒤뜰에는 다수의 서양인 여행자들이 술과 마약 그리고 음악으로 늦은 밤을 즐기고 있었다. 한국에서도 마찬가지지만, 술이나 마약이 주는 즐거움에는 한계가 있었다. 술과 마약은 즐거움과 행복감을 과장했지만, 깨어난 후의 아침은 고통스러워 보였다.

## 따뜻한 신앙과 차가운 이성

싱그러운 아침을 맞았다. 인도답지 않았다. 모처럼의 시원한 아침도 큰 즐거움이었다. 뒤척이는 밤을 지낸 아침에도 마음은 가볍게 느껴졌다. 우리는 높은 숲을 지나 히딤바(Hidimba) 사원으로 향했다. 사원은 목재로 지어졌다. 대부분의 인도 사원들이 벽돌이나 시멘트로 지어졌기에 목재 사원은 더욱 특별하게 느껴졌다. 울창한 숲이 나무 건축물을 가능하게 했을 것이다. 3겹 층으로 지붕을 올린 아담한 사원의 창과 기둥은 문양이 조각되고, 허리를 굽혀야 들어갈 수 있는 낮은 입구 천정에는 청동으로 만든 크고 작은 종들이 무수히 달려있었다. 회벽의 벽면에는 야크나 사슴과의 동물들의 뿔과 해골이 걸려있었다.

입구를 들어서면, 버터 램프 그을음으로 검고 번들해진 거대한 바위를 우선 만난다. 바위 아래에는 또 다른 거대한 바위가 누워있다. 누운 바위 아래에서 히딤바, 두루가, 가네시가 나란히 경배를 받고 있었다. 제단에는 곡식, 꽃, 지폐 그리고 비스킷과 음료가 바쳐져 있었다.

이곳은 오천 년 전, 히딤바가 명상에 들었던 곳이었다. 그녀는 파르바티(Parvati)의 아바타이기도 하고, 시바의 9번째 부인(sakti)이다. 사원의 작은 문을 배꼽 인사하듯이 허리를 굽혀서 들어갔다. 그들의 신들에게 예의를 표하고, 다사나를 받기 위해 앉았다. 이제 가한은 앉기를 주저하지 않았다. 좁은 사원의 한편에 허리를 꼿꼿이 하고 앉았다. 들숨과 날숨에 집중했다. 너무도 빨리 호흡이 안정되면서 몸과 마음이 편해졌다. 사원에는 형용하기 힘든 평온함과 집중을 가능케 하는 기운이 있었다. 그것은 설명할 수 없는 것이지만, 느낄 수 있는 어떤 것이었다. 아들도 동의했다.

사원 안의 원목 기둥과 대들보와 서까래는 그을음으로 채색되고 각종 향과 소원들을 첩첩이 품고 있었다. 사원 내 버터 램프와 향은 꺼지는 일이 없었다. 소원과 기도를 잔뜩 품은 사원은 깊고 편안한 힘을 가지고 있었다. 참배자들은 여신으로부터 다사나를 찾고, 여신은 순례자의 염원과 간절한 사연으로 다사나를 얻었다. 다사나는 주고받는 기운이었다.

사원을 나왔다. 사원의 주위를 천천히 돌았다. 대지의 차가움이 명상의 여운에서 서서히 깨어나게 도와주었다. 우리는 맨발이었다. 아직 맨발이 불편한 가한은 엄지발가락과 뒤꿈치를 세워서 조심스럽게 걷고 있었다. 그에게 온 발로 대지가 주는 느낌을 느껴보라고 말하고 싶었지만, 스스로 알아야 할 것을 일일이 말하는 것은 어리석은 짓임을 기억했다.

마날리를 찾은 많은 히피 차림의 여행자들은 자연과 신성과 마약에 취하고 있었다. 사람들은 이질적이고 모호하고 몽상적인 인도의 공기에서 자유와 평화를 얻고 있었다. 물질과 이성이 강조된 사회에서 잊어버린 다른 쪽 세상에서 허용되는 어떤 위로였다. 도시의 길가와 정원, 그리고 공터 어디든지 대마가 자라고 있었다. 대마는 마날리에서 가장 흔한 잡초였다.

무신론자들은 신을 버렸다. 그리고 그 자리를 과학과 이성으로 채웠다. 그들은 인도 수행자의 기괴한 수행 모습과 믿음의 비이성적이고 비과학적인 모습을 어리석음으로 이해한다. 10여 년째 한쪽 팔을 머리 위로 들고 서 있는 수행자의 휘어 감기는 긴 손톱, 여윈 팔, 창백한 모습의 어리석음을 비웃는다. 벌거벗고 화장터의 재를 바른 수행자의 여윈 몸을 이해하지 못한다. 죽은 사람의 인육이나 심지어는 배설물까지 먹어 치우는 아고리(agori) 사두를 보면서 경악한다. 오염된 바라나시의 강물에 몸을 씻고 또 마시는 순례자들을 걱정과 의아함으로 바라보고, 향과 버터 램프 그을음에 덥힌 신상에 이마를 대어 절하고 꽃과 곡식을 태우고 돈을 바치는 행위를 비과학적이라 말한다. 하지만 이성적이고 과학적이라는 무신론자의 냉소에 비해서 신을 경배하고, 신에게 몸을 맡기고, 신성에 감동해서 영혼이 취한 사람들의 순수하고 맑은 얼굴들이 경이롭다. 그리고 부럽다.

신의 존재는 알고 모르고의 문제가 아닐 것이다. 믿고 믿지 않는 문제일 뿐이다. 누구도 증명하지 못하기 때문이다. 믿는 자의 얼굴의 평안함과 순수에 무신론자의 냉소적이고 심심한 얼굴을 비교하면 신앙을 갖지 않는 나를 혼란스럽게 한다.

러시아의 작가, 도스토예프스키의 말이 생각났다. "아무것에도 절하지 않는 사람은 스스로가 무거워 견디지 못한다."

가한은 수업에서 시신을 해부하고 신체의 내부를 들여다본다고 했다. 주검들이 다수의 학생과 교수가 한 팀이 된 해부대마다 놓여지고, 차가운 육체를 해부하면서 설명을 들었다. 시체는 간혹 머리가 달려있거나 없기도 했다. 열린 시신에서 한때 인간이었던 따뜻함을 알게 되기보다는 죽은 몸의 온도처럼 차가운 이성과 과학의 세상에서 살게 될 것이다. 아들은 시체를 만지다 보면 사람이라는 생각이 안 난다고 했다. 그리고 그렇게 생각하지 않는 게 낫다고 했다. 어쩌면 그는 자신이 해부하는 존재가 사람임을 부정함으로써 죽음의 두려움을 무의식적으로 피하고 있었다. 나는 아들이 주검에서도 사람의 이야기와 역사가 있었음을 가끔은 기억해 주길 바랐다. 그래야 질병을 이해하는 의사가 아니라, 질병을 가진 사람을 이해하는 의사가 될 것 같았기 때문이다. 여행에서 죽은 몸이 불타던 화장 가트와 사원에서의 집중하고 명상하는 시간 동안 받았을 다사나를 아들이 잊지 말기를 바랐다. 이성과 과학의 차가움과 믿음과 인간의 따뜻함 사이에 균형이 필요할 것이라고 생각했다. 그에게 내 생각을 전하지는 않았다.

## 바쉬쉬 온천

바쉬쉬 온천을 찾았다. 피부가 델 정도로 뜨거운 물이 흐르는 작은 온천이었다.

10여 명 정도 들어갈 만한 열탕이 있고, 탕 아래쪽으로 흘러나오는 물로 샤워할 수 있게 되어 있었다. 탕은 키 높이의 돌담으로 둘러싸여 있는데, 담에는 옷을 걸 수 있는 녹슨 못들이 박혀 있었다. 지붕이 없어 푸른 하늘이 보였다. 뭉글거리며 퍼지는 수증기는 탕을 더욱 뜨겁게 했다. 탕은 살을 익힐 만큼 뜨거웠다. 가한은 발가락 끝을 담가 보더니, 안전을 위해서 들어가지 않겠다고 단호하게 선언했다. 물 주변에 앉아있어도 뜨거운 온기를 느낄 수 있었다. 한 서양 청년도 발을 넣어 보더니, 탕에 있는 사람들을 이해하지 못하겠다는 듯이 머리를 절레절레 흔들고 돌아선다.

그와 나의 온도는 달랐다. 체감 온도의 기준은 분명 유전이 아니라 경험일 거라는 생각을 했다. 그는 뜨거운 음식을 먹기 힘들어했고, 뜨거운 온천에 들어갈 생각조차 하지 않았다. 나는 몇몇 나이 든 인도인, 일본 중년들과 열탕에서 지옥 체험을 했다. 특히 일본 사람들은 열탕을 견디는 데 특별한 재능을 보여 주고 있었다.

온천 주변에는 힌두 사원들이 위치했다. 사람들은 몸을 씻고 사원을 찾았다.

# L E H

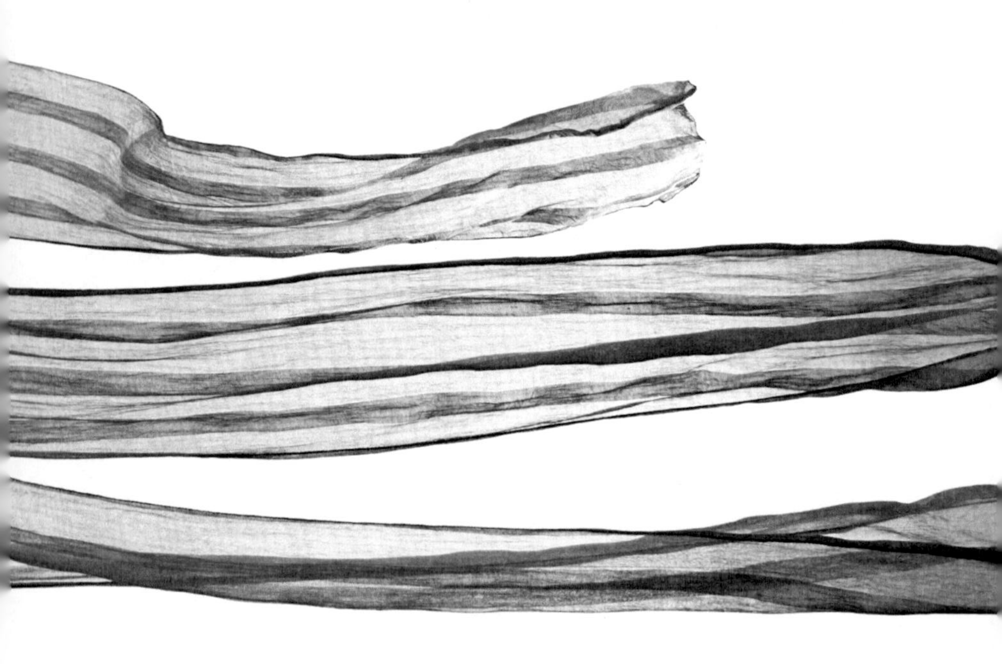

## 레를 향하여

새벽 4시. 낡은 버스와 지프들이 벌레처럼 지그재그를 그리며 어둡고 가파른 산길을 기어오르기 시작한다. 먼동의 빛이 그려내는 산들은 여전히 깊은 잠에 빠져 있었다. 산허리를 꾸물거리며 올라가는 벌레들의 신음도 산을 깨우지는 못했다. 산은 깊은 잠에 들고, 항상 맑게 깨어났다. 하루를 분주히 움직이고, 잠자리에서도 여전히 머릿속이 꿈틀거리는 것은 항상 사람들이었다. 산을 오르고, 초원을 지나고, 계곡을 따라 흐르다, 황량한 벌판을 만나고, 아찔한 절벽을 뒤뚱거리며 버스는 천천히 나아갔다. 여기는 버스가 달릴 수 있는 영역이 아니었다. 그저 조금씩 전진해 나가고 있을 뿐이었다.

사람은 산허리를 깎아 길을 내었다. 산은 길을 내어 주었지만, 상처 난 몸뚱이 아래로 제 무게에 지친 흙과 돌덩어리가 무너졌다. 길은 자주 막히고, 사람들은 다시 치워서 길을 내는 일들이 윤회처럼 되풀이되었다.

옛 인도의 왕들은 건강한 수말을 일정한 기간 동안 풀어서 영토를 마음껏 배회하도록 했다. 말이 자유롭게 어디든지 다닐 수 있는 거대한 국가의 힘을 자랑하는 것이었다. 제사장과 브라만 성직자들은 앞부분은 검고, 뒤는 희며, 어두운색의 점들이 있어 기운이 길한 말을 선택했다. 그리고 말은 성대한 의식으로 신성화되었다. 잘 훈련된 병사들의 호위를 받으며 6개월 또는 일 년을 방해받지 않고 수말은 자유의지대로 방랑했다. 병사들은 수말의 힘을 헛되이 소비하지 않게 암말을 만나지 못하게 막는 일을 했다. 또한, 축성된 성스러움이 씻겨나가지 않도록 씻기지도 않았다. 이렇게 강성한 국가의 권력만큼 일체의 걸림 없이 정해진 기간을 방랑하던 말을 다시 궁으로 데려왔다. 수백 명의 브라만이 거행하는 거창한 예식이 다시 치러졌다. 그리고 말은 황소, 염소, 사슴 그리고 닐가이(nilgai, 영양의 일종) 같은 동물들과 함께 신들의 제물로 바쳐졌다. 수말은 조심스럽게 피를 흘리지 않게 죽여졌다. 목을 조르거나 질식시킨 한 것이다. 그리고 죽은 말의 머리는 서쪽으로, 다리는 북쪽을 향하도록 제단 위에 놓았다. 같은 밤, 왕비들은 경건한 마음으로 제단을 좌우 방향으로 3번씩 돈다. 그들 중 첫 번째 왕비는 죽은 수말의 제단에 올라 수말의 성기를 당겨 그녀의 음부에 대고 "말이여! 너의 몸에서 잉태할 정액을 나에게 모으고, 네 발을 벌려서, 당신의 씨를 받습니다."라는 주문을 외운다. 죽은 수말과의 정사 중, 왕비는 성직자들과 원색적인 음담패설을 주고받는다(이런 행위는 왕성한 생산력에 대한 축원이나, 신들을 즐겁게 하기 위한 수단일 것이라고 믿는다). 위의 말을 제물로 바치는 의식은 굽타 시대의 동전에 나타나기도 하고 벽화에도 묘사되고 있었다. 말의 의식은 아유베다에 기록된 중요한 왕가 의식의 하나였다.

수말이 왕국을 자유롭게 활보할 수 있음은 확고한 권력과 영토의 건강함을 확인해주는 과정이었을 것이다. 말이 갈 수 있는 곳은 왕국이 보장하는 안전의 영역이었다. 의식은 아스바메다(Asvamedha)라고 불렸다. 우리는 왕국의 수말처럼 보장된 영역의 최북단을 향하고 있었다.

한 나라의 끝은 길의 끝이었다. 그래서 국가는 몸의 말단까지 길을 내었다. 그렇게 만들어진 길은 한 국가의 영역을 유지하는 모세혈관이었다. 길은 심지어 험하고 두려운 히말라야를 넘어서 나라의 영역과 주권이 막히는 곳까지 이어져야 했다. 길이 없는 땅은 주인이 없었다. 사람들은 바다에도, 하늘에도 보이지 않는 길을 그어두고 그의 영역과 힘을 연결했다.

레로 가는 히말라야의 길은 높고 험하고 아름답다. 두려움과 아름다움의 걸맞지 않은 감정은 경외감으로 이어졌고, 그 경외감은 신성의 영감으로 자랐을 거라는 생각을 하게 했다. 인도 대륙의 사람들에게는 히말라야는 신들이 태어나고 신들이 사는 곳이었다. 카라코람의 고도는 사람들이 쉽게 감당할 높이가 아니었다. 사람들은 구토하고, 두통으로 고통받으며, 고산병의 영향으로 자리에서 졸았다. 잠든 몸은 버스의 몸통과 창에 부딪히고 흔들렸지만, 높이가 만드는 피곤한 잠을 깨우지는 못했다. 우리는 도시의 절반의 산소를 가진 희박한 대기 속을 달리고 있었다.

절벽 아래의 계곡을 내려다보면 두려웠다. 떨어져 불탄 차량들의 모습은 두려움을 증폭시켰다. 무너진 도로를 위태롭게 지날 때면 마음은 신을 찾았다. 두려움이 커지면 유신론자든지 무신론자든지 신의 어깨에 기대어 보고 싶어 했다. 그것은 신의 존재의 인정이기보다는 자신의 무력함에 대한 인정이기도 했다. 시계를 보았다. 하필 시간은 4시 44분을 가리키고 있었다. 불안을 키웠다. '왜 숫자까지 하필 444일까?'라는 생각을 하게 되는 것도 두려움의 표현이었다. 미신이라고 마음을 위로했다.

사람들은 도망칠 수 없는 두려움 앞에서는 항상 자랑하던 이성과 과학보다는 신과 운을 통해서 두려움을 달랬다. 자신의 모습이 부끄러워졌다. 그래도 부끄러움보다는 안전이 더 간절했다.

히말라야는 가슴 벅차게 거대하고 황량하고 생경한 모습들을 가졌다. 우리의 길들여진 미적 관념을 초월하는 경이의 세계였다. 히말라야는 젊었다. 기운이 가득했다. 그리고 거칠었다.

마다가스카르 위쪽 아프리카 대륙의 동쪽에서 떨어진 삼각형 땅덩어리는 약 4,000㎞를 항해해 아시아 대륙을 만났다. 10억 년 전에 시작되어 4억 년에 걸친 위대한 항해의 끝은 아시아 대륙의 서쪽이었다. 육지를 만난 항해의 원동력은 멈추지 않았다. 그리고 저항하는 아시아 대륙의 힘과 합해져 바다가 아닌 하늘을 향해 솟아올랐다. 히말라야산맥은 대립하는 두 대륙의 결과물이었다. 아직 일 년에 7㎜씩 자라고 1㎜씩 허물어지는 젊은 지층은 상상을 넘는 거대한 힘에 휘어지고 뒤틀리고 있었다. 그것은 산맥의 사면(斜面)에 거대한 패턴을 만들고 있었다. 히말라야의 하늘은 공허하지만, 위엄이 있었다. 공허한 하늘은 어느 순간 삶과 죽음의 경계를 위협할 천재지변의 힘을 내포하고 있었다. 살아서 생동하는 히말라야는 태생적으로 생물에게는 삶과 죽음이 공존하는 아름다운 원천이었다.

침묵의 산과 계곡들이 버스 뒤로 사라지고 또 앞으로 나타났다. 버스를 따라오는 흙먼지는 산과 계곡으로 지쳐 흩어지고 또 만들어졌다.

가한은 지난밤 외국 여행자들의 늦은 파티, 짖어대는 개, 아기의 울음소리로 잠 못 들었다. 새벽 일찍 어둠 속을 걸어서 탄 버스에서 아들은 이미 지쳐있었다. 피곤은 그를 화난 사람처럼 침묵에 빠뜨렸다. 불편과 불면이 그를 화나게 했을 수도 있었다. 불편한 아들의 침묵 옆, 나의 머릿속에는 불편한 바람이 불고 있었다.

힘들어하는 아들에게 인도에서의 이동이 학교의 치열한 시험처럼 힘든지 물었다. 그렇다고 아들이 답했다. 하지만 그리고 잠시 후, 다른 점도 있다고 보탰다. 시험 때는 머리가 가득 찬 채 고통받았지만, 지금은 머리가 텅 빈 채 고통스럽다고 했다. 그리고 다시 그는 침묵 속으로 묻혔다. 심하게 흔들리는 버스 안에서 그는 곧 잠들었다. 놓치지 말았으면 하는 아름다운 경치들이 지나가고 있었지만 그를 깨우지는 못했다. 아마 깨웠어도 그는 아름다운 선물을 받을 준비가 되어 있지 않았을 것이다. 다사나는 준비되었을 때만 받을 수 있었다.

아름다운 자연의 경외감은 불편과 두려움 그리고 지루함으로 수순처럼 변해 갔다.

레로 가는 길 위에 세워진 텐트 식당에서 두 끼의 식사를 했다. 그리고 몇 개의 검문소를 지났다. 텐트는 황량한 산맥의 오아시스처럼 따뜻한 음식과 휴식을 선사했고, 검문소는 대립하는 국가의 국경을 향하는 여행자들에게 경각심을 일깨워 주었다. 산맥의 다른 면에는 중국과 파키스탄이 위치하고 있었고, 인도는 그들과 대립하고 있었다.

버스에서 한국인 여행객을 만났다. 아들과 여행하는 사연을 간략하게 설명해야 했다. 설명이 필요해 보였다. 우리는 부자지간이지만 각각 다른 국적을 가졌다. 그리고 영어로 대화한다. 일반적인 것이 아니었다.

가한은 프랑스 여권만 가진 것이 아니라 프랑스인으로서의 가치관을 가졌다. 프랑스 여행객의 언어에 예민했고, 프랑스어로 된 간판을 잘 찾아냈다. 그리고 가끔 프랑스 음식을 이야기했다. 생후 4개월부터 시작된 프랑스에서의 삶은 그를 자연스럽게 프랑스인으로 만들었다. 나의 DNA를 가졌음이 외모로는 엿보였지만, 그의 생각과 말과 행동은 한국적이지 않았다. 그것은 자연스러운 일이지만, 낯설게 느껴질 때도 있었다.

내 생각과 말과 행동에는 한국이 깊게 깔려 있을 것이다. 프랑스 여인과의 결혼생활, 유럽에서의 삶, 그리고 뉴질랜드에서의 이민생활은 나의 정체성에 다른 가치관과 문화를 첨가해 주었다. 일부는 한국적인 것을 밀어내고 자리 잡은 부분도 있었다. 가르쳐지고 습득된 가치관과 문화는 교정되고 변화될 수 있었다. 그것은 다행스러운 일이었다. 다시 말해서, 인간은 개선되거나 변화의 여지를 가지고 있었다. 물론 삶에서 사람이 변하는 것이 쉬운 일은 아닌 경우도 빈번하게 느끼게 된다. 때로는 상반된 두 개의 경험이 두 개의 견해를 혼재하게 했다.

## 라닥

카라코람의 시첸 빙하에서 남쪽의 히말라야 중앙까지 이어지는 라다크(Ladakh)는 해발 3,500m의 고도에 위치한 왕국이었다. 왕국은 중국과 중앙아시아를 잇는 실크로드의 중요 거점 국가로서 한때는 번영했다. 하지만 중국이 1960년대에 티베트를 점령하고 국경을 닫자 실크로드의 대상(大商)들이 더 이상 다니지 않게 되었다. 대상의 행렬이 끊어진 라다크는 오랫동안 잊혀진 은둔의 왕국이 되었다.

우리에게는 라다크는 몬순의 비와 더위를 피할 피안의 땅이었다. 얼은 도로가 열리자 여행자들이 모여들고 있었다. 육로는 일 년에 인도의 여름 3개월 정도 열렸다. 왕국은 여행지로써 다시 세상으로 나왔다.

여행자는 공간을 이동한다. 그리고 공간의 이동이 곧 시간의 이동이 됨을 깨닫게 되곤 했다.

인도의 현대화된 도시인, 벵갈루루(Bengaluru)나 하이데라바드(Hyderabad)를 여행하다가 3000년 역사의 고도, 바라나시의 거리를 걷다 보면 시간 이동의 경험을 하게 되었다. 현대에서 과거로 거슬러 올라온 느낌이었다. 라다크의 수도, 레도 그랬다. 태양 건조(sun dry) 벽돌로 지어진 올드 레(old Leh)의 골목을 돌아서 걷고, 계단을 오르면 우리는 과거로의 시간 여행자가 되었다. 과거의 도시는 태양도, 바람도 달랐다. 도시를 걷다 보면 태양은 아련하고, 가끔 스치고 지나가는 바람은 옛 향기를 품고 있음을 알았다. 낡고 허물어져 가는 도시의 한쪽 모퉁이에 앉아서 눈을 감아 보면 지나간 세월의 빛과 향기를 품은 역사가 더욱 확실히 느껴지곤 했다.

초르텐(티베트식 불탑)이 보이는 레의 언덕에 앉았다. 공기는 희박하다. 숨이 가빠서 천천히 걸어서 오른 곳이다. 눈을 감으면 태양은 닫힌 눈 속에 붉은빛으로 뜬다. 바람 소리가 들린다. 눈을 감으면 소리가 일어났다. 바람 소리는 항상 주변에 스치고 있었지만, 시각의 강력한 지배력은 소리를 지워내고 있었다.

까마귀가 바람을 타고 날면, 허공에 바람을 긋는 소리가 들린다. 그것은 패러 글라이드가 대기의 단단함에 미끄러져 흐르는 소리와 닮아있다. 새에게는 대기도 육지 생물의 땅처럼 단단하고 의지할 만하게 느껴짐이 분명했다. 눈 속에 뜬 붉은 태양이 희미해지고 바람 소리에도 두뇌가 흥미를 잃으면 세상은 조용해진다. 세상이 조용해진 것이 아니라, 마음이 조용해진 것이다. 세상의 분주함은 조용한 마음의 필터를 뚫고 들어올 힘이 없었다. 그렇게 장승처럼 앉는 일이 레에서 할 일이다. 벌 한 마리가 귀 옆을 윙윙거리고서야 세상의 다른 한구석에 앉아있음을 알았다.

메마른 땅이지만 눈 녹은 물이 히말라야에서 끊임없이 흘러내린다. 희박한 대기를 통과한 태양이 작열하는 대지와 부지런한 사람들의 노동으로 라다크는 풍요의 땅이었다. 사람들은 오랜 시간 모든 것을 자급자족하며 살았다. 사람들이 지금처럼 가난해진 것은 대지나 태양 또는 설산에서 내려오는 물 그리고 사람들의 근면함의 변화 때문이 아니었다. 오히려 라닥이 세상에 알려지고 더욱 풍요로운 물질과 현대 문명이 밀려온 후부터였다. 역설적으로 이렇게 외부에서 들어온 풍요는 그들을 가난하게 만들었다.

과거의 이방인들에게 아낌없이 베풀던 라다크의 인정 많은 사람들은 더 많은 것을 가진 외부인들에게 원조를 바라는 가난한 사람이 된 것이다. 가진 것이 많고 적음이 빈부를 결정하지는 않았다. 가진 것에 만족함과 못함이 풍요를 결정하는 것이었다.

## 레의 잠 못 드는 밤

라닥의 수도, 레에 밤이 찾아왔다.

낡은 차량들의 배기가스 냄새가 밤 위에 내려앉았다. 아무렇게나 버려진 쓰레기와 배설물 냄새가 바람을 따라 흘렀다. 개들이 깨어나 무리를 지어 거리를 배회한다. 개들은 영역을 넘보는 다른 그룹의 개들과 이빨을 드러내고 싸우며 또 밤새 짖었다. 가끔 마을에 들어오는 야생동물과도 대립했다. 가한은 밤새 짖어대는 개들의 소리에 잠들지 못했다. 레의 하루는 새벽 4시 30분에 모스크에서 울려 나오는 아잔(기도 시간을 알리는 소리)으로 시작되었다. 교인들을 잠에서 깨워 기도의 참석을 종용하고 있었다. 사람의 목소리에는 종교적이고, 영적인 음성 대역이 따로 있을 거라고 생각했다. 모스크에서 흘러나오는 목소리는 항상 그런 음성 대역에 머물렀다. 그들은 "알라- 오- 아크바르.", 신은 위대하다고 말하고 있었다. 모스크에서 흘러나오는 새벽 아잔에 가한은 잠들지도, 깨어나지도 못하는 상태에서 몸을 뒤척였다. 그리고 꿈을 꾸었다. 어느 파티에서 자신에게 다가와 키스를 했던 아름다운 아가씨가 꿈에 나왔다고 했다. 꿈에서 다정하게 앉아서 그녀와 이야기를 나누던 중, 여자 친구 폴린이 자신들에게 다가왔다고 했다. 아들은 자리의 불편함에 뒤척이다 일어났다고 했다.

여자 친구 폴린과의 로맨스가 이제 일상이 되어가는 즈음, 자신에게 유혹의 키스를 보낸 아름다운 아가씨에 대한 여운이 꿈속에서 곤란한 상황을 연출하게 된 것 같았다. 아들에게 폴린과의 관계가 사랑인지, 편안함인지 물었다. 그는 머뭇거리다 그들의 관계는 노부부 같다고 답했다. 관계의 느낌에 솔직해지는 것은 불편한 것 같았다. 사랑이라는 감정의 변화를 인정하는 데 불편할 필요는 없다고 말해주었다. 하지만 항상 변화하는 사랑이라는 감정에 대한 객관적 공론을 말하는 것은 어렵지 않았지만, 개인적 관계에서는 쉽지 않았다. 우리 사회에서 감정의 변화는 자연스럽게 표현되었지만, 유독 사랑이라는 감정 표현과 수용은 쉽지 않았다. 사랑은 변하지 않는다고 믿고 싶어 했다. 많은 굳건한 사랑의 약속들은 사랑의 감정 역시 변하게 된다는 것을 잘 알고 있기 때문에 생긴 현상이었다.

숙소 주인의 목청 깊은 곳에서 울리는 불경 소리가 깊고 나직하게 퍼진다. 손에 들린 오래된 향로에서 경건한 향이 스멀스멀 집안을 채워가고 있었다.

태양이 머리 위로 향하는 시간에 가한은 비로소 깊은 잠에 들었다. 이제 얼마 후면, 그는 종교와 믿음이 빛바랜 세상으로 돌아갈 것이다. 그곳에는 강에 몸을 씻고 기도하는 사람도, 집 안 제단에 매일 아침 향을 올리는 사람도 찾기 힘들었다.

## 해미스 곰파

해미스 곰파를 찾았다.

티베트의 탄트라 불교의 창시자인 로폰 린포체, 또는 파드마삼바바의 탄생을 기념하는 가면 춤으로 유명한 곰파다. 다양한 기적과 초능력을 행했다는 파드마삼바바는 히말라야의 국가 티베트, 네팔, 부탄에서 '두 번째 부처'로 믿어지고 있었다. 서구(西歐)에서 그는 『티베트 사자의 서』라는 책의 저자로 널려 알려져 있기도 했다.

레의 공영버스 터미널은 라닥의 다양한 지방으로 향하는 버스들이 출발하고 도착하는 곳이다. 페인트로 써진 목적지를 대시보드(dashboard)에 올린 미니버스들이 손님을 기다리고 있었다. 여행자들과 현지인들이 타야 할 버스를 찾아서 주차장을 돌아다니고 있었다.

가한이 화장실을 찾았다. 갑자기 배변 소식이 온 것이다. 주차장 한쪽에 위치한 터미널 화장실을 찾았지만, 사용하기에는 너무도 열악했다. 오물이 넘쳐 널려있었다. 심지어는 화장실 주변까지 대소변으로 찌들어 있었다. 터미널의 화장실은 배변이 급한 아들뿐만 아니라 현지인도 꺼릴 만큼 불결했다. 주변의 상가에서도 화장실을 찾을 수 없었다. 인도의 화장실 보급은 아주 제한되어 있었다. 사실 대부분의 농촌집에는 화장실조차 없었다.

평소 부드럽고 조용한 성격의 아들이 더욱 말수가 없어지고 부루퉁한 얼굴이 되었다. 불편이 짜증으로 변하고 있음을 알았다. 화장실 사용을 포기하고 서둘러 탄 버스는 시간이 되어도 출발할 생각을 하지 않고 여유를 부렸다. 출발 시각보다 30분을 훨씬 넘어서야 버스는 출발했다. 가한의 짜증은 굳은 표정과 긴 침묵으로 표현되었다. 여기서 사원 방문을 포기하고 호텔로 돌아가는 것이 좋았겠지만, 그렇게 하지 못했다. 아들은 모든 것을 거부하고 고통스러워했다.

버스가 출발하고 가끔 분위기를 바꿔 보려는 나의 시도는 침묵으로 무시되었다. 그의 시선이 나를 피해 창밖을 향했지만, 그는 바라보지 않고 있었다. 산들은 제대로 자란 나무 한 포기 없이 땅위에 납작하게 자란 관목들과 풀들을 입고 있었다. 풀어진 실구름이 푸른 하늘에 흘렀다. 미루나무들은 높고 좁게 자라 흙먼지 날리는 시골길을 따라가고 있었다. 열매를 무겁게 단 풍성한 살구나무들은 수확을 기다렸다. 밭의 채소들 그리고 미루나무와 살구나무가 아니었으면 라닥의 자연엔 초록이 빠져버렸을 것이라 생각했다. 버스가 먼지를 뒤로 멀리 남기며 천천히 달렸다. 하지만 주위의 산, 하늘, 강 그리고 마을들이 여느 때 같이 보이지 않는 것은 아들의 무거운 침묵과 굳은 표정 때문이었을 것이다. 자연이 암울했다.

새벽에 도착한 부다가야에서 싼 게스트하우스를 찾아서 거센 빗속을 속옷까지 젖어가며 오랜 시간 헤매도 짜증 내지 않았다. 항상 온순했다. 자주 시간을 같이하지 못하는 아버지를 배려하던 아들이었다. 하지만, 마침내 도착한 아름다운 고찰도 그의 짜증 어린 얼굴을 바꾸지는 못했다. 어느 것에도 그는 관심을 두지 않았다. 이젠 짜증이 그를 삼켜버린 듯했다. 너무 커진 감정이 사람을 삼키는 것은 불편하지만 드물지 않았다.

그를 대하는 나의 마음도 불편해졌다. 무엇을 해야 할까? 어떻게 해야 할까? 자문했지만, 나의 기분도 마음대로 바꿀 수 없는 내가 아들의 기분을 바꿀 수 없음은 당연한 것이었다. 할 수 있는 것이 없고 어떻게 해야 할지 모를 때는 아무것도 하지 않는 것이 나았다.

곰파 마당 계단 한편에 앉았다. 신을 벗고 편하게 앉았다. 눈을 감았다. 그리고 오직 숨만 쉬었다. 그렇게 두어 시간이 흐른 듯했다. 그렇게 아무것도 하지 않았다.

햇볕이 따뜻하게 느껴졌다. 산들바람이 스쳐 지나갔다. 사람들이 지나가고, 그들의 소리가 또한 지나갔다. 그들의 움직임이 주의를 흩트리면, 곧 다시 호흡에 집중했다.

그렇게 시간이 지나가면서 평온한 마음이 자리 잡기 시작했다. 내가 굳이 아무것도 하지 않는 동안 아들은 스스로의 기분을 다스리고 다듬은 듯했다. 움직이는 것보다 움직이지 않는 일은 힘들고 어려웠다. 산을 걷거나, 일을 하거나, 책을 읽거나 TV를 몇 시간씩 보는 것은 힘들거나 어려운 일이 아니었다. 하지만 움직이지 않는 것은 힘들었다. 조용히 앉아서 20분, 30분, 또는 더 이상 미동도 없이 있는 일은 쉬운 일이 아니었다.

꼼짝없이 앉아있는 것보다 더 힘든 것은 생각을 멈추는 것이었다. 고요히 앉아 호흡 외에는 아무것도 하지 않으려 하지만, 생각은 천방지축으로 날뛰기 쉬웠다. 한 찰나에 바뀌는 생각을 묶어놓는 일은 수천 마리의 원숭이를 조용히 앉혀 놓는 일만큼이나 어렵고 힘든 일이었다. 태양의 방향이 달라졌음을 알았을 때 '하지 않음'을 함을 멈추었다. 옆에 앉아있는 아들을 발견했다. 그의 표정이 조금 밝아져 있음을 보았다.

곰파 내에 있는 거대한 파드마삼바바의 원력이 기분을 달래는데 일조했을지도 몰랐다. 부처의 궁극적인 목표는 고통으로부터 인간 구원에 있었기 때문이다.

우리가 앉았던 계단 위 전각에는 파드마삼바바를 모셔두고 있었다. 불상은 5~6m 정도의 높이로 거대했다. 2층 높이의 전각은 파드마삼바바를 모시기 위하여 1층과 2층이 열린 복층 구조를 가지고 있었다. 그는 연꽃 모양의 모자를 쓰고, 큰 두 눈을 부릅뜨고 앉아있었다. 귀에는 두 개의 커다란 귀걸이가 걸려있었다. 티베트의 불교화에 저항하는 악마들을 제압했다고 하는 그의 왼손에는 영원한 생명과 지혜의 물이 담긴 해골이, 오른손에는 무엇이나 베고 뚫을 수 있는 강력한 수행의 무기인 금강저가 들려 있었다. 그의 옆구리는 사람의 해골과 머리들로 꾸며져 있는 삼지창을 끼고 있었다.

## 태양 바라보기

해미스 곰파를 방문한 다음 날, 가한은 심한 설사를 시작했다. 아무것도 먹지 못한 채 침대와 화장실을 오가며 온종일 게스트하우스에 머물렀다. 그는 주로 잠들어 있었고, 깨어나면 화장실을 갔다. 그의 곁을 지켰지만, 다시 내가 해 줄 수 있는 것은 없었다.

우리가 묵고 있는 객실은 숙소 옥탑방이었다. 옆방에는 서양인 힌두 수행자가 머물고 있었다. 그는 구릿빛 육체를 가지고 있었다. 구릿빛 피부에는 태양의 흔적이 배어있었다. 머리는 잘 길러서 뒤로 묶었다. 요가 수행으로 단련된 몸은 가늘었지만, 작은 근육들로 단단해 보였다. 룽기로 아래만 두르고 요가를 수행하는 그의 잘생긴 상체는 항상 햇빛에 드러나 있었다. 뜨거운 태양이 내리쬐는 옥상에서 그는 매일 요가 수행을 하고 있었다. 그리고 뜨거운 인도의 태양을 향해 명상에 들어갔다. 그날도 태양이 머리 위로 향하는 한낮에 매트에 앉아서 태양을 향하고 있었다. 나는 잠든 가한을 두고 방문 앞 플라스틱 의자에서 책을 읽었다. 어느 때 그와 나의 시선이 마주쳤다. 아마 나의 눈이 그의 요가 수행에 대해 묻고 있었나 보았다. 가부좌를 푼 그가 나를 향해 몸을 돌리고 자신은 오랜 수행으로 태양을 바라보는 능력을 가졌다고 말해 주었다. 내가 그에게 그러면 눈이 상하지 않느냐고 묻자, 그는 미간에 위치한 제3의 눈으로 보기에 상하지 않는다고 말해 주었다. 내가 믿거나 말거나 그는 다시 태양을 향해 오래 앉아있었고, 나는 그를 지켜보다 다시 책을 읽었다. 나는 수행을 통한 초자연적 능력 획득에는 관심이 없었다. 수행의 결과로 나타나는 상태에 나는 더욱 많은 무게를 두고 있었다. 수행은 어떤 능력을 가지게 되는 것보다 어떤 상태의 사람이 되는가에 대한 문제라고 생각했다. 다시 말하자면, 공중부양을 하고 불 속을 걷는 능력자가 되는 것이 수행의 목적이 아니라, 조건과 환경에 의존하지 않고 자족하여 평온한 상태에 머무를 수 있는 사람이 되는 것이 수행의 목적에 대한 나의 이해였다.

다시 말해서, 힘 있고 능력 있는 사람이라도 출근길 꽉 막힌 차로에서의 정체된 교통에 마음의 평화가 깨어져 하루를 불편하게 보내는 사람이 되고 싶지는 않다.

인도에서는 많은 수행자를 쉽게 만난다. 그들은 다양한 철학을 가지고 다양한 수행을 하고 있었다. 부러운 것은 그들의 다양한 철학과 수행이 아니었다. 그것은 다양한 생각들과 실천들을 당연하게 행할 수 있는 사회적 분위기였다. 보다 나은 차원의 인간이 되기 위한 다양한 방식들이 인정받고 있었다.

한국의 삶은 달랐다. 영혼과 마음, 종교와 수행 그리고 철학 같은 주제의 이야기들은 고리타분하거나 어렵다거나 비현실적인 대화로 치부되기 쉬웠다. 가끔 행복이나 삶의 의미 같은 추상적인 깊은 속내를 드러내어 말하는 것조차 흔한 일이 아니었다.

경제나 정치 이야기는 달랐다. 전문가가 아니더라도, 관련 책 한 권 제대로 읽지 않아도, 누구나 자신의 의견과 성향을 드러내는 데 주저하지 않았다. 하지만 그들이 이야기하는 대부분의 정보나 의견들은 겨우 텔레비전이나 신문의 선정적인 내용을 답습한다는 느낌이었다.

사람들의 시선은 항상 밖을 향했다. 안을 들여다보는 것을 거북해하는 모습들이었다.

## 자전거 여행

비가 내리지 않는 레에서의 하루하루가 지나고 있었다. 여행의 끝 또한 하루하루 다가오고 있었다. 아버지와 아들의 여행. 아버지와 아들은 여행이 끝나면 각자의 나라, 각각의 삶으로 돌아가야 한다. 곧 닥칠 이별의 아쉬움을 위로하는 일은 매 순간을 더욱 알차고 더욱 뜻깊게 보내는 일이겠지만, 우리는 언젠가 다시 함께하는 여행계획 세우기로 서로를 위로했다. 우리가 버스로 들어왔던 마날리에서 레까지의 아름다운 히말라야의 길을 자전거로 다시 돌아오자고 했다. 버스로 20시간 동안 달려온 험하고 아름다운 길을 이번엔 자전거로 달리고 싶었다.

마날리(해발 2,050m)-로탕그라(3,980m)-시슈(3,100m)-징징바(3,900m)-바바라찰라(4,892m)-사르츄(4,253m)-나킬라 패스(4,800m)-위스키루라(4,700m)-라츄룽그라(5,065m)-팡(4,630m)-탕랑그라(5,360m)-차르통그라(5,602m) 그리고 우리의 목적지 레까지…….

자전거가 도달할 수 있는 세상에서 가장 높은 길을 여행해 다시 레로 돌아오자는 계획으로 예정된 이별의 아쉬움을 미래의 약속으로 바꿔 넣었다. 그리고 우리는 미래 여행의 첫 단추를 끼우는 의미로 레로의 자전거길이 새겨진 티셔츠 두 장을 구입해서 하나씩 가졌다. 사실 자전거로 해발 5,000m를 넘어가는 자전거 여행은 너무도 힘든 여행이 될 것이고, 또한 계획대로 진행될 것인지는 나도, 가한도 의문을 가지고 있었다. 하지만 계획이라는 것은 꼭 달성되어야 한다는 것은 아니었다. 가끔 미래의 계획은 현재를 더욱 의미 있게 하는 장치이기도 했다. 현재는 과거와 미래의 선상에서 가지런한 체인처럼 잘 연결되었을 때 의미가 더해진다는 느낌이었다.

가한의 배탈이 멈추자 산악자전거 대여소로 갔다. 해발 5,000m급의 높이에서 자전거를 타는 느낌을 경험해 보기 위해서였다. 대여소의 지프에 자전거를 싣고 차르통그라(5,602m) 패스로 올라갔다. 패스 위에는 군부대가 자리 잡고 있었다. 더 높은 곳에는 당연하게 곰파가 자리 잡고 있었다. 여기는 신들의 나라임을 다시 생각하게 했다. 사람들은 높은 곳에 우월한 가치를 두는 것에 동의하고 있었다. 철학은 깊은 곳에서 나와야 한다는 데는 동의하지만, 신은 높은 곳에 두고 있는 것은 논리나 과학의 이야기는 아니지만, 많은 사람이 뱃속 깊은 곳에서 동감하는 것이었다. 가한에게도 5,600m라는 높이는 공기가 희박하고 아름다운 경관이 펼쳐진다는 것 외에도 높이 자체가 하나의 의미로 다가선다는 것을 그의 표정에서 읽을 수 있었다. 그의 표정이 상기되어 있었다. 그는 패스의 노란 표지판에서 환한 얼굴로 사진을 찍었다. 대기는 희박했지만, 바람이 불고 있었다. 항상 그렇듯이 올라갔으니 내려가야 한다. 많은 사람의 손길로 낡은 산악자전거에 의지해 흙먼지 날리는 도로를 내려왔다. 3시간의 다운힐(down hill) 동안 흙먼지가 자전거를 좇았다. 길은 과연 높아서 창공을 나는 독수리가 아래로 보였다. 비행하는 독수리의 등을 보는 것은 높이가 주는 새로운 관점이었다. 우리는 바람에 미끄러지는 독수리의 배를 바라보는 데 익숙해 있었다. 중력은 곧 속도로 바뀌었다. 자전거는 중력에 몸을 맡기고 거침없이 달렸고, 나는 중력에 체념하고 달리는 자전거의 속도를 브레이크로 조절해야 했다. 빠른 속도로 회전할 때면 원심력으로 길을 벗어나려는 자전거의 반대편으로 체중을 기울여 원을 그렸다. 8월의 태양에도 높은 산 어깨에는 눈이 걸려있었다. 희박한 공기는 강력한 태양의 빛을 여과 없이 통과시켰지만, 태양의 열기를 걸러내는 힘이 있었다. 강력한 중력에 바퀴를 맡기고 달리는 일은 마음을 흩트릴 틈을 주지 않는다. 잠시 지금이 아닌 과거나 미래의 생각에 주의를 돌릴 여유가 없다. 단지 바퀴가 구르는 지금에 머문다. 흙과 돌들이 바퀴를 튀겨내는 힘들을 느끼면서 바퀴가 굴러가야 할 길에 의식을 단단히 집중해야 한다. 마음이 순간에 머물 때는 과거에서 오는 후회와 알지 못하는 미래 시점에서 가져올 불안으로부터 자유로워진다. 순간은 분명하고 단순했다.

속도는 피를 뜨겁게 하는 힘이 있었다. 중년의 식어가는 피가 다시 뜨겁게 달구어졌다. 뜨거워진 피로 나는 어느새 젊은 사내의 힘을 내고 있었다. 가한의 젊고 뜨거운 피에는 더 큰 전율이 흘렀을 것이다. 물을 마시기 위해 멈춘 그의 두 뺨의 말초 혈관이 붉게 부풀어 있었다.

정적인 명상의 세계와 순간에 집중해서 달리는 동적인 자전거 타기는 묘하게 비슷한 면을 가지고 있었다. 둘 다 순간에 집중했고, 다양한 감정이나 생각의 파편들에 끄달리지 않았다. 순간에 집중하고 단순해진 마음의 상태는 혼돈으로부터 자유로운 영역이었다.

# 스리나가르

**S r i n a g a r**

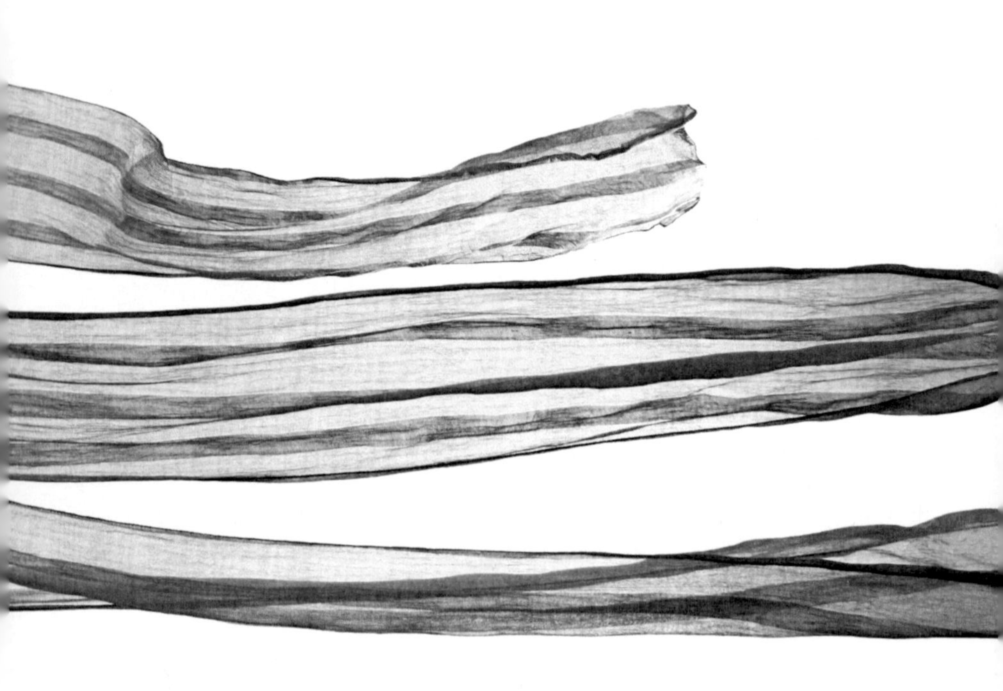

## 스리나가르를 향하여

마지막 여행지는 아름다워서 더욱 마음 시린 곳이었다. 히말라야가 반영되는 호수의 잔잔함에 언젠가 터질 것 같은 긴장감이 감도는 그런 곳이었다. 호수 심연에 비정상적으로 압축된 긴장은 곧 터질 폭발물처럼 팽팽했다. 이곳은 식민지 시기 영국인들의 여름 휴양지로 알려져 있다. 물론 그 이전부터 수많은 인도인이 오랜 세대를 걸쳐서 살아오던 곳이었다. 카슈미르는 히말라야산맥 아래 힌두와 무슬림 그리고 시크교도들이 어울려 이웃으로 살아가던 평화로운 땅이었다.

영국이 제2차 세계대전 이후, 더 이상 감당하기 어려운 인도를 급하게 빠져나가자, 인도에는 정치적 공백이 생겼다. 공백에서 생겨난 다양한 조직은 종교를 이용해서 자신들의 정치적 목적을 이루고자 했다. 마음을 결집하게 하는 쉬운 전략은 적을 만드는 것이었다. 역사에서 되풀이해서 경험했듯이 이번에도 적을 만들고 증오심을 불러일으키는 방법이 적용되었다. 증오심을 통해 사람들의 힘을 결집하는 것은 고리타분하지만 효과적인 방법임을 정치인들은 잘 알고 있었다. 사람의 마음에 분열을 조장했다. 그리고 선동

했다. 사람들의 마음엔 두려움이 커졌다. 그리고 두려움은 분열된 다른 쪽의 대상을 향한 의심으로 변해 갔다. 의심의 씨앗에 더해진 증오의 부추김이 폭력으로 발전하는 것은 어려운 일이 아니었다. 그렇게 이웃으로 살아오던 사람들이 다른 종교를 믿는다는 이유로 서로를 해하고 죽이는 일이 일상이 되었다. 수백만 명의 생명이 한때 이웃으로 살던 사람들에 의해 살육되었다. 1947년의 여름, 파키스탄이라는 국가가 생겨나고 인도 대륙은 무슬림 파키스탄과 힌두 인도로 갈라졌다. 하지만 카슈미르는 버려진 고아처럼 무슬림의 지역이지만 인도에 귀속되었다. 그것은 잠재된 불행의 씨앗을 심는 일이었다.

길목마다 무장 군인들이 바리케이드를 치고 있었다. 장갑차와 개인화기로 중무장한 군인들은 수도, 스리나가르를 찾은 여행자들에게 긴장감을 쉽게 전염시켰다. 군인들은 여행자들에게 관심이 없었지만, 스리나가르의 시민들은 군인들의 눈을 피했다.

카슈미르의 사람들은 여행자들에게 걱정할 것이 없다고 하며 따뜻하게 맞아주었지만, 정작 그들 자신의 경직된 눈빛과 어깨는 숨기지 못하고 있었다. 또한, 여행자와 신뢰의 관계가 만들어지면 자신의 국가인 인도에 대한 미움과 원망을 감추지 않았다. 카슈미르의 시민들은 파키스탄인이 되고 싶은 인도인이었다. 그리고 인도 군인들은 자국민인 카슈미르 사람들을 적대적으로 대했다. 히말라야가 반영하는 호수의 아름다움과 무장 군인들의 긴장감이 뒤엉킨 묘한 분위기가 스리나가르를 감싸고 있었다.

우리가 도시에 도착한 것은 새벽 4시였다. 산허리와 계곡을 따라 만들어진 위험하고 거친 도로를 버스는 휘청거리며 운행했다. 버스는 먼지와 신음을 내며 카라코람을 천천히 달렸다. 메마른 낮을 지났다. 그리고 산허리에 자리 잡은 마을과 소도시들을 지났다. 생명이 살아가기에는 너무 메말라 보이는 땅의 하늘에도 독수리가 하늘을 날고 있었던 것 같다. 낮은 촉수의 백열등으로 밤을 지키는 마을에는 버스의 소음에 깨어난 개들이 의미 없이 짖었다. 우리는 잠이 들지도, 깨어있지도 않은 상태로 버스에 몸을 맡겼다. 16시간의 운행 동안 몸은 반복적으로 서로의 어깨를 좌우로 밀어내고 또 밀렸다. 그러다 어느 한순간 몸은 공중부양했다가 탄력이 없어진 의자로 자유 낙하하기를 반복했다. 승객들의 지친 몸에서는 신음이 뱉어져 나왔다. 고통받지 않고는 지날 수 없는 카라코람의 길은 짜증 내고 불평하기에는 너무나 아름다워서 더욱 싫은 길이기도 했다. 나는 6년 전, 이 길을 지나면서 다시는 돌아오지 않겠다고 했던 다짐이 뒤늦게 기억났다. 아들에게 때늦은 기억을 말해 주었더니, 아들은 동의의 웃음을 짓는다.

스리나가르의 새벽은 디젤의 매연과 거리의 쓰레기 썩는 냄새가 가라앉아, 맑은 공기를 잠시 즐길 수 있는 시간이다. 공기의 시원함과 맑음을 구분하지 못해서였을 수도 있을 것이다. 이른 시간에도 불구하고 보트하우스의 여리꾼들은 버스 정류장에 여행자를 기다렸다. 국경의 긴장과 잦은 시위로 여행객의 숫자는 많이 줄어 있었다. 줄어든 여행자들의 숫자만큼 그들의 호객에는 간절함이 묻어 있었다. 많은 호텔 보트에게 여행자는 필수적인 생계 조건이었다. 여리꾼들은 믿을 수 없이 싸고 좋은 조건으로 손님을 찾아보지만, 그렇다고 말을 곧이곧대로 믿고 따라갈 수는 없었다. 그것은 그들만큼 치열한 가난한 배낭여행자의 생존법이기도 했다.

## 모스크를 찾아가다

이른 시간이라 조용한 도시도 구경하고 여리꾼들을 피할 겸해서 호수를 향해서 걸었다. 버스에서 지친 몸은 이내 다시 지쳤지만, 아직 찻집은 열지 않은 시간이었다. 아침 기도를 마치고 있을 모스크에서 지쳐버린 몸을 쉴 수 있을 거라 생각했다. 인도의 사원들은 자주 편안한 휴식처가 되어 주었다. 모스크에서는 젊은 이맘(이슬람의 종교 공동체 지도자)과 영화 속의 전형적인 탈레반의 모습을 한 청년의 환대를 받았다. 이맘은 오사마 빈 라딘처럼 전통 복장인 흰색 깐두라를 입은 10대 후반의 사내였는데 수염을 기르고 있어서 훨씬 나이 들어 보였다. 아주 잘생긴 청년이었다. 다른 한 명의 사내 역시 전통 복장을 깨끗이 차려입었는데, 짙은 눈썹과 검고 흔들리지 않는 확고한 눈동자를 가져 종교적 열정이 대단하다는 것을 느낄 수 있었다. 그들은 이른 아침 예배를 마치고 나서는 길에 모스크로 들어오는 우리를 만난 것이었다. 모스크는 이교도가 들어설 수 있는 영역은 아니었다. 하지만 버스의 옆자리에 앉았던 인도네시아 무슬림 여행자의 도움을 받을 수 있었다. 인도네시아 여행자 역시 치안이 불안한 스리나가르의 어둠을 피해서 쉴 장소를 필요로 하고 있었다. 그는 새벽 버스에서 내린 이후로 우리를 따라 같이 걷고 있었다. 모스크 내부는 불교나 힌두의 사원과는 달리 장식이 없어 단아한 느낌을 주었다. 막 예배를 마치고 사람들이 떠나간 모스크는 여전히 사람들의 훈기와 신앙의 기운이 여운으로 머물고 있었다. 편하게 앉을 수 있도록 방석이 주어지고, 잠시 후 젊은 회교도가 커피와 토스트를 가져왔다. 간단한 소개와 일반적인 물음이 우리의 간단한 아침 식사와 함께 끝나자, 기다렸다는 듯이 무슬림에 대한 열정적인 설명이 시작되었다. 영어판 팸플릿도 준비되어 있었다. 팸플릿은 이슬람 교리는 과학적으로 설명된다는 내용을 담고 있었다. 무슬림에 대한 외부인들의 무지와 편견을 해소하고 싶다는 두 청년의 강한 의지가 분명했다.

"이슬람은 폭력적이지 않으며 평화를 사랑한다."

"이슬람은 과학적 종교이며, 배타적이지 않은 종교이다."

"여자를 존중한다."

"세상에서 일어나는 테러의 잘못은 이스라엘의 조종을 받는 미국에 책임이 있으며, 많은 사실이 왜곡되고 잘못 알려져 있다."

"이슬람 극단주의인 ISIS는 무슬림을 가장한 폭력 조직이다. 하지만 탈레반은 가장 순수하고 존경받는 무슬림이다." 등이 우리에게 이해받고 싶어 하는 것들이었다.

사실 우리 사회에서 접하는 이슬람에 대한 정보는 서구적 해석을 통해서 만들어진 것이 많다는 것을 알고 있었다. 그들의 확신의 근거에 대한 의문도 일어났지만, 반박하거나 의견을 말하기에는 지식이 부족했고, 그렇게 할 수 있는 적절한 분위기도 아니었다. 지금은 그들의 이야기를 잘 들어보는 것이 좋을 거라고 생각했다.

때로는 누가 옳고 그르다가 중요하지 않았다. 때로는 누군가는 가슴속 이야기를 마음껏 이야기하고 누군가는 차분히 들어주는 것이 중요했다. 마음에 상처가 깊거나 원망이나 분노가 있는 사람들에게는 더욱 절실한 것이었다. 가한 역시 폴린의 어려움을 들어주듯이 그들의 말을 잘 들어주고 있었다. 아들과 폴린은 공부로 힘들어할 때 서로의 이야기를 잘 들어주며 위로한다는 이야기가 잠시 스쳤다. 둘은 과 커플이었다.

인도네시아 여행자의 표정이 묘했다. 그가 불편함을 느낀다는 것을 알 수 있었다. 특히 탈레반이 최고의 무슬림으로 묘사되는 부분에서 그랬던 것 같다. 그는 외부 세상에서의 이슬람에 대한 일반적 생각들과 탈레반에 대한 느끼는 감정을 익히 알고 있는 듯했다. 이맘과 젊은 무슬림의 과하게 열정적인 태도도 그를 불편하게 하는 듯했다. 설명 속에는 인도 땅에서 무슬림으로 살아온 아픔과 분노도 느껴졌다.

그들의 말에 동조도, 반대도 하지 않았지만, 자신들의 말에 집중해서 잘 듣고 있음을 확인하자 흡족해하는 듯했다. 그들은 곧 우리를 수피 무슬림 성자가 계신 곳으로 초대하고 싶다고 했다. 잠시 가한의 표정을 살피니 초대에 응하고 있었다. 그래서 수락했다. 모스크 밖에는 벌써 많이 밝아져 있었다. 우리는 젊은 무슬림의 가족이 운영하는 멋진 게스트하우스에서 아주 저렴하게 묵을 수 있도록 안내받았다. 방은 우리의 여행 중에서 가장 깨끗하고 멋진 방이었다. 우리가 머물던 다른 게스트하우스에 비해 엄청나게 큰 방은 대리석으로 꾸며져 있었다. 그리고 '인디언 핫 샤워'가 아닌 진짜 핫 샤워를 즐길 수 있었다.

가한과 나는 크고 푹신한 침대에 몸을 뉘었지만, 잠이 오지 않았다. 피곤한 몸이 너무나 생소한 환경에 잠들길 거부하고 있었다.

## ◉ 이슬람 수피 성자를 만나다

깨끗하고 멋진 침대 위에서 뒹굴며 가한과 잡담을 나누다 보니 두어 시간이 지났다. 노크 소리에 나가보니 청년 이맘이 우리를 데려가기 위해서 서 있었다.

큰길로 걸어 나가 보니 티코만 한 닛산 차량이 대기하고 있었다. 운전자인 친구가 더해져서 3명의 무슬림 사내와 우리까지 다섯 사내는 어깨를 맞대고 좁은 차 안에 앉았다. 잠시 후 차는 인도의 교통 규칙대로 목숨이 대여섯이나 되는 사람처럼 달렸다. 운전자는 어차피 "인시알라.", 신의 뜻대로 될 거라고 확신하고 있음이 틀림없었다. 닛산 차량은 중앙선을 자유롭게 넘나들었다. 차량들의 좁은 틈을 민첩한 야생동물처럼 헤치고 있었다. 믿음이 부족한 나는 마주 보고 달려오는 차량을 보면서 이 작은 달리는 깡통이 우리와 함께 찌그러질 것 같아 두려웠다. 자동차는 아직 도로 위의 곡예를 펼치고 있었지만, 인도에서 생존의 최대인 무기인 '체념'으로, 그리고 "인시알라."라고 다짐하니 주위가 서서히 눈에 들어오기 시작했다. 우리는 도시를 벗어나 교외를 달리고 있었다.

도로 양편으로 정감 가는 논들이 보이기 시작했다. 벼들이 친근하게 익어가고 있었다. 사과 과수원들이 자주 나타나기 시작했다. 나무에는 사과가 가지마다 늘어지게 달려 있어서 보는 사람을 즐겁게 했다. 영국 사람들이 소개한 사과는 카슈미르와 인도의 북부 일부에서만 자랐다. 개량되지 않은 작고 못생긴 카슈미르의 사과는 인도에서는 귀한 과일이었다. 카슈미르의 사과는 인도의 과일 가게에서 비싸게 팔리는 중국산 수입 사과보다 작고 상처 난 곳이 많았다.

마을을 지나고, 논을 지나고 또 황무지를 지나며 차는 2시간 이상을 달렸다. 한동안 무슬림의 과학성과 정당성에 대해 다시 이야기를 들었다. 조수석에 앉은 청년은 설명 내내 몸을 아예 뒷좌석으로 돌려 등받이에 기대고 있었다. 탈레반처럼 멋진 수염을 기른 3명의 젊은 청년들은 지칠 줄 몰랐다. 설명은 계속되고 시간은 흘러, 다들 조용해진 시점에도 자동차는 정비되지 않은 시 외곽 도로를 빠르게 달리고 있었다.

카슈미르와 파키스탄 국경지대에는 무슬림 반군 훈련 캠프가 여러 개 존재하고 있다고 들었다. 그중 LeT(Lashkar-e-Taiba)는 인도인들에게 잘 알려져 있었다. 1990년 말에 결성된 LeT는 카슈미르에서 가장 강력한 무장단체였다. 그들은 카슈미르 외에도 2001년 인도 의회 습격, 2008년 9명의 무장대원의 공격으로 188명의 사망자 그리고 300여 명의 부상자를 발생시킨 뭄바이 테러로 잘 알려진

단체였다. 또한, 가한과 방문했던 바라나시의 하누만 사원 폭발 사건으로 이미 의식하고 있던 단체이기도 했다.

차량이 도시를 벗어나 외딴 지역 깊숙이 들어가기 시작하자 슬슬 걱정스러운 마음이 들기 시작했다. 그것은 우리 사회에서 흔하게 접하는 이슬람에 대한 정보와 이야기들 때문이기도 했고, 탈레반을 열렬히 찬양하는 이들의 태도 때문이기도 했다. 사실 그들의 외모를 보면 신문 방송에서 만나는 탈레반의 모습과 같았다. 생각이 꼬리를 물자 급기야 나의 상상력은 이들이 우리를 혹시 AK47 러시아제 소총을 어깨에 걸고 검은 복면은 한 LeT 무장단체 캠프에 데려가는 것은 아닌지 하는 상상력과 합해져 걱정이 구체화되기 시작했다.

특히 어깨를 맞대고 앉은 젊은 무슬림들의 신앙 열정은 급진적 무슬림과 다를 것이 없었다.

진실은 믿음과 용기로써 보는 것이라는 생각을 가지고 있었지만, 아들을 데리고 이런 모험을 하게 되었다는 것이 후회되었다. 나중에 알게 된 사실이지만, 아들도 걱정되고 겁이 났다고 털어놓았다.

우리가 도착한 곳은 LeT 캠프는 아니었다. 그곳은 다행스럽게도 이슬람 원리 학교였다. 일단 AK47 소총이나 복면을 쓴 사람들이 없다는 점에서 안도했다. 논과 초지에 위치한 오래된 3층 목조 건물 옆에 건축 중인 2층짜리 콘크리트 건물이 있었다. 마당엔 오래된 9인용 일제 지프 한 대가 주차되어 있었다. 가한과 내가 세상의 어디에 우리가 서 있는지 전혀 종잡을 수 없는 위치이기도 했다. 곧 우리는 두 젊은이를 따라 허리를 굽혀야 하는 작은 문을 통과해서 수피 성자가 있다는 방으로 초대되어 들어갔다. 60대 초반쯤 보이는 성자는 하얀색 터번에 긴 흰 수염을 가진 사내였다. 부드러운 표정과 친근한 얼굴을 가진 그는 우리에게 가까이 자리를 만들어 앉으라는 손짓을 하며 반갑게 맞아주었다. 그는 친절한 미소를 지었지만, 또한 위치가 주는 위엄도 가진 단단한 사람이라는 인상을 주었다.

이슬람 서적이 방의 주위로 빼곡히 꽂혀 있는 크지 않은 방이었다. 그는 작은 탁자 너머 바닥에 앉아 있었다. 그의 앞으로는 터번을 한 십여 명의 남자들이 앉아있었고, 이슬람 베일의 한 종류인 니캅으로 눈만 빼고 가린 나이 든 여성과 젊은 여성이 성자 가까이에 앉아있었다. 성자는 두루마리 화장지에 몇 종류의 나무뿌리나 허브 같은 것들을 싸 주면서 몇 마디의 조언을 더 해 주는 듯했다. 다음으로 그의 옆으로 다가온 사내는 작은 스테인리스 그릇에 담긴 3개의 계란을 내밀었다. 성자는 계란에 붓으로 몇몇 글자를 쓴 다음 계란에 입김을 불고 그에게 다시 내밀었다. 옆에 앉은 청년이 그가 아이가 생기지 않아 찾아온 사내라고 말해 주자 계란의 처방이 어떤 뜻인지를 추측할 수 있었다. 성자는 사람들의 고충을 듣고 그에 알맞은 대책이나 해결법을 알려주고 있었던 것이다.

그렇게 몇 개의 조언과 처방들을 해 주고, 우리에게 시선을 돌렸다. 그의 시선은 깊었다. 그리고 힘이 있었다. 그는 어디에서 왔는지, 여행의 목적은 무엇인지 그리고 여행 기간은 얼마인지 등을 묻더니 다음에 올 때는 한 달의 시간을 내서 오면 좋을 것이라고 말했다. 그의 눈빛은 다음의 방문은 의미 있는 시간이 될 거라는 일종의 예시를 하고 있었다. 그의 의미 있는 눈빛에 모종의 두려움이 느껴졌다. 그것은 아마 나의 불안과 걱정이 아직 완전히 가시지 않았기 때문일 거라고 생각되었다.

기도 시간(살라트)이 되었다. 예배당에 따라가 기도하는 방법을 배웠다. 그리고 이슬람의 신, 알라에게 절했다. 힌두나 불교의 절과 크게 다르지는 않았지만, 이마를 땅에 대어 절하도록 하는 것이 인상 깊었다. 그것이 인상 깊은 것은 그 방식이 아니라, 이마가 땅에 눌려졌을 때 전해져 오는 일종의 마음의 위안이었다. 마음을 포근하게 감싸주는 위안의 힘이 땅에서 이마로 전해져 오는 느낌이 좋았다. 절하는 모습은 어색했겠지만, 상상에서 만들어진 길고 위험한 여행 뒤에 '다사나'를 받은 느낌이었다.

이슬람 원리 학교를 떠날 때 성자는 다시 다음엔 한 달의 시간을 가지고 찾아오라며 작별 인사를 대신했다. 그와 사진을 찍고 싶다고 했지만, 사진을 거절하는 표정이 진지해서 그냥 돌아서서 나왔다. 아마 그들에게는 사진을 찍는 단순한 행위도 안전을 위협하는 행위가 될 수도 있을 거라고 생각했다.

먼 길을 돌아서 오는 길에는 중무장한 인도 군인들이 장갑 차량과 함께 도로의 곳곳에 포진하고 있었다. 나의 무슬림 친구들의 표정은 무심한 듯 보였지만, 표정 뒤에는 두려움과 증오가 있음을 알았다.

귀국행 비행기를 타기 위해 도착한 콜카타의 영자 신문은 스리나가르의 소요 사태와 사상자 소식을 전하고 있었다. 젊은 무슬림 친구들의 얼굴들이 떠올랐고, 그들의 안전을 기원했다.

# 에필로그

가한과 이국적 보트하우스 호텔들과 히말라야의 준봉들이 멀리 보이는 유명한 달(Dal)호수로 뱃놀이를 하러 갔다. 배를 타고 싶어서라기보다는 사람과 소음을 뒤로하고 조용히 여행을 정리하고 싶어서였다.

달호수의 나무배들은 사방으로 커튼이 드리워진 로맨틱한 작은 선실을 중앙에 두고 있었다. 선실은 푹신한 깔개와 여러 개의 쿠션으로 둘러져 있어서 편안함을 제공했다. 배는 수면 낮게 호수의 중앙으로 미끄러져 들어갔다. 손을 내어 물결을 느꼈다. 손바닥에 전해지는 시원한 물결의 감촉은 마음의 불안을 다스렸다. 배가 석양 속으로 노 저어 들어갈 때, 우리의 긴장도 저물어가고 있었다. 석양이 넘어가는 히말라야가 붉게 물들어가고 있었다. 사라지는 태양을 바라보면서 우리는 여행을 정리했다.

아들에게서 인도 여행 제안을 받고, 나는 내가 아는 인도를 다시 정리했다. 책을 꺼내 읽고, 보여 주고 싶은 것들을 생각하고, 아들이 받을 수 있는 귀중한 선물을 준비했다. 유전적으로 연결된 아버지와 아들이라고 해서 만남이 당연히 자연스러운 것은 아니었다. 오랜 시간의 공백 후 만남은 어색했다. 그렇게 어색한 여행이 시작되었다.

인도는 많은 질문을 불러일으키고, 생각하게 하며, 자유롭게 논의할 수 있는 안전한 곳이다. 공항을 벗어나는 순간 가난과 삶의 무게에 대한 질문이 일어난다. 가난한 사람들의 힘든 삶이 차창의 모양에 재단되어 길게 만나게 된다. 마르고 신체가 뒤틀린 거지들을 보면서 고통을 대면하고, 화장터에서는 직접적인 죽음을 만난다. 고통과 죽음이 모습이 적나라하게 펼쳐지는 현장에서 그것들이 무엇을 의미하는지를 느낀다. 우리 모두가 죽음과 고통으로부터 자유로운 존재가 아님을 확인하게 한다. 죽음에 대한 명상은 삶에 대한 반성과 남은 시간에 대한 상념에 잠기게 했다. 오염된 강에서 죄와 업을 씻어 내는 사람들을 바라보면서 오랫동안 생각에 잠긴다. 벌거벗은 몸으로 명상에 들어간 수행자를 바라보며 과연 내가 인생에서 찾는 것은 무엇인가를 묻는다.

또한, 인도의 일상은 여행자로 살아온 아버지가 아들에게 전해 주고 싶은 이야기를 풀어낼 좋은 배경이 되어 주었다.

우리는 이런 질문들에 답한 성자들의 흔적을 찾아갔다. 그리고 그들의 삶과 그들이 제시한 답을 이야기했다. 성자들의 가르침에 따라서 살아가는 사람들의 모습을 지켜보았다.

아들에게 다사나를 소개해 주고 싶었다. 다사나는 말로 설명하고 이해되는 것이 아니었다. 그것은 오감을 통해서가 아니라, 마음으로 직접 보고 만나서 머물게 되는 것이었다.

들려주고 싶은 이야기는 아들이 적절한 질문을 생성할 때까지 기다려야 했다. 보여 주고 싶은 것들은 손가락으로 가리키지 않고, 몸으로 만지고 가슴으로 느끼도록 했다. 설명할 수 없는 것들은 스스로 이해할 수 있게 침묵했다. 아들은 불평 없이 불편하고 힘든 여정을 따라주었다.

가한은 나에게 자신의 이야기를 들려주었다. 학업의 무게로 찾아온 잠들어도, 깨어도 고통스러운 날들을 이야기했다. 친구들을 이름과 함께 소개했다. 피하고 싶은 외로움을 피하는 자신을 이야기했다. 그리고 인생의 질문들에 대한 의견을 나누었다. 그는 해부실의 차가운 주검과 머릿속을 가득 채우지만, 외워지지 않는 의학 지식을 이야기해 주었다.

인도는 또한 거울 같았다. 인도를 잘 지켜보고 있었지만, 그 모습에는 나의 나라와 아들이 온 나라의 모습들이 반사되어 스스로 돌아보게 되었다. 인도인의 삶에는 우리의 삶을 모습을 비교하여 돌아보았다.

사려 깊고 조용한 아들은 차분히 관찰하고 앉는 법을 진지하게 배웠다. 호흡에 집중하는 법을 따라주었다. 침묵하여 안을 들여다보는 일을 두려워하지 않았다. 그리고 하누만 사원을 찾은 오후, 아들은 다사나를 이해할 수 있을 것 같다고 말해 주었다. 나는 고요하게 앉음 이후에 더욱 차분하고 맑아진 그의 눈을 보면서 그가 느꼈음을 알았다.

다사나를 느낀다는 것은 그가 살아가는 삶을 변하게 하지는 않을 것이지만, 삶을 바라보는 시각을 달라지게 할 것이다. 아니, 시각이 달라진다는 것은 삶이 달라진다는 것을 뜻할 수도 있었다. 어차피 우리가 아는 세상은 자신의 눈으로 각색된 것이니…. 다사나는 살피는 대상의 본질과의 만남이고 만남을 통해서 살아가는 세상이 아름다움으로 가득하다는 것을 알게 된다는 것을 뜻한다. 만남은 나와 대상의 공명(resonate)이기도 하다.

가난한 아빠의 소중한 그리고 유일한 유산을 아들에게 전해줄 수 있는 특별한 여행은 이렇게 히말라야의 뒤로 사라지는 태양과 함께 서서히 끝나고 있었다.

나를 안아주고 출국장에 들어서는 아들의 눈가가 붉게 젖어 있었다. 나는 애써 차분한 모습으로 과장된 웃음을 지었다. 사실 마음이 먹먹해져 숨쉬기 거북한 모습을 겨우 숨기고 있었다.

나의 소중한 선물이 다시 나의 품을 떠나고 있었다.